森 博嗣

勉強の価値

GS
幻冬舎新書
607

勉強の価値／目次

第3章　勝つために勉強するのではない　103

まえがき

勉強は国民の義務？

多くの人が子供のときに大人から言われたこと、それは「勉強しなさい」という指示である。奨励であったり、強制であったり、さまざまなプレッシャをかけられたにちがいない。たとえば、勉強することは「子供の仕事だ」とまで言う人もいる。仕事をしないと生活ができないけれど、勉強はそこまで切実なものだろうか。

いったい、「勉強」とは何だろう？

どんな行為なのか？

そして、いったい何の役に立つのか？

本書で考察するテーマは、この「勉強」という行為が、どんな価値を持っているのか、というものである。

もちろん、「価値」にもさまざまな形態があるだろう。勉強している本人が、なんらかの得をすれば、勉強によって本人が得られた価値として現れるのだから、「勉強に価値がある」といえることになる。また、多くの人々が勉強をすることが社会にとっても価値がある、と見ることもできる。そういう価値があるからこそ、教育が全国民の義務として定められている。教育を受けることは権利であると同時に、「勉強しなければならない」と、義務として指定されているのだ。

勉強嫌いは共通認識か？

子供のほとんどは、できれば勉強なんかしたくない、と考えていることだろう。少なくとも、僕（筆者のことである）はそうだった。とにかく、勉強が大嫌いだった。勉強する時間が惜しかった。勉強なんかしないで、一日中好きなことをしていたかった。

だが、その「好きなこと」は、大人たちから「遊び」と呼ばれるものになる。「遊ぶ」ことは、子供の権利だとは定められていないみたいだった。また、遊ばなければならないという義務でもない。遊びは勉強よりもずっと楽しいし、ずっと価値があるものだと感じられるのに、どうして勉強だけが、義務として定められているのだろう？

そんな疑問を持った子供がいたとき、大人はどう答えるのか？

「世界には学校に行きたくても行けない子供たちが沢山いるのよ」という台詞《せりふ》を聞く機会は多い。これは、好き嫌いの多い子供に対して「食べるものがなくて餓死する子供たちが世界中に沢山いるんだよ」という台詞と類似したロジックのようだ。つまり、学校が嫌いだ、野菜が嫌いだ、などという不平は「贅沢」という状況であり、贅沢は悪いことだ、そういう悪いことをしてはいけない、という大人の論法である。

しかし、ここで明らかなことは、子供も大人も、どちらもが「勉強はやりたくない行為である」と認めている点だろう。嫌なことなのだ。しかし、嫌であっても、それを回避する自由は子供にはない。それは贅沢という悪だ、といっているのが、さきほどの論法の骨子である。

「勉強を楽しもう」は偽装？

勉強が楽しくない、ということは事実である、といっても良いだろう（反対する方は多いかもしれないが、そういう人は、週末も勉強を楽しまれるとよろしい）。

ときどき、「勉強はこんなに楽しいよ」と宣伝するものがある。ＴＶであれば、塾の宣伝などで顕著だ。また、「教育とは、子供を楽しませるものだ」という大人の勝手な幻想が、現在でも支配的であり、あらゆる装飾、小手先の誤魔化《ごまか》しを駆使して、勉強の過程に楽しさを紛れ込ませよう、という涙ぐましい苦労も続いている。TVの教育関係の番組を見ると顕著である。そんなに楽しいものならば、大人も一緒に毎日勉強すれば良いではないか、と子供は考えるだろう。

また、「勉強は楽しいものだ」と押しつける行為には、楽しめない子供たちを不安にする作用もある。どうして自分は勉強が嫌いなのだろう、自分は病気だろうか、と考えてしまう子供もいるはずだ。

正直に書くが、勉強が楽しいはずがない。もちろん、楽しい瞬間もあるし、楽しい部分もある。だが、平均すれば、勉強は楽しくない。遊びと比べたら、楽しくない行為なのである。

まず、教育者はこの点をしっかりと認識し、子供に対して誤魔化さない姿勢を見せることが重要である。そうしないと、教師の演技が馬鹿馬鹿しく見えて、親身になって教えてくれているとは感じられず、いい加減な大人として認識される。これは、教師にとって基本的な条件を損なうものだ。教える者と教わる者の間の信頼関係を失うことに等しいだろう。

勝利のために勉強をする？

それでは、子供に勉強させるには、どうすれば良いのか？
大人が考える次の論理は、「負けたくなければ、勉強しろ」というものだ。このロジックは、「スポーツ根性もの」と呼ばれるジャンルに著しく多い。ほとんどがこのパターンである。すなわち、苦労があったからこそ、その後の成功がある、というもの。また、ここでいう「成功」とは、なんらかの競争で勝利すること、言い換えれば、相手を打ち負かすことなのだ。

あとからやってくる、その成功こそが努力をする目標であり、意味であり、スポーツの練習と同じく勉強も、努力をする時点では辛《つら》い行為であっても、我慢して耐え続けた者には、「他者に勝つ」という価値が、のちほど与えられる。そういうストーリィである。

マスコミは、メダルを獲った選手にだけマイクを向け、その選手がいかに努力をしたのかをドラマティックに描こうとする。こういうものを見せられた子供たちは、勝たなければ意味がない、勝つためには好きなことを我慢して、辛い努力をするしかない、と教えられる。

勉強に対しても、このようなサクセス・ストーリィを常に意識させて、「我慢を強《し》いる」こと、それが、そもそもの「勉強」という行為の意味だ、という風潮は、現代では一般的だといっても良いだろう。「勉強」を辞書で引くと、「精を出して努めること」とあるので、漢字が持つイメージとも一致している。

しかし、僕は、この当たり前の価値観に、疑問を持っている。

勝つことがそんなに重要なのか？

疑問の第一は、他者に勝つことがそんなに価値のあることだというのは、何故なのか、という点だ。そして、疑問の第二は、努力をしても、大多数の人が成功しないという事実を、どのように子供たちに伝えるのか、という点である。

努力をしたにもかかわらず、最終的に成功できなかった子供たちに、大人は「努力に価値がある」というような、「後出し」の成果を語る傾向にあるようだが、今さらそんなことを言われても、と受け取る子供が多いことだろう、と想像する。

勝利者の努力は、美談として広く伝えられるけれど、同じくらいの努力をしても勝てなかった大勢がいるのは明らかだ。競争というものは、少数の勝者を選ぶ。負けた大勢は、ただ涙を流すだけなのか。「悔いはない」という言葉を噛みしめるだけなのだろうか？　勝つことの幻想を煽《あお》り、努力をさせ、勝てなかったときには、「努力は無にならない」と慰《なぐさ》める。どうして最初から「勝つことが目的ではない」という本来の精神を教えないのか？

それ以前に、勝つことがそれほど大事なことなのか、と疑問を持たせることこそが、本当の教育ではないのか、と僕は考えている。

もしかして、こうした矛盾を、勉強によって学ばせる、それが教育方針の主旨なのだろうか？（これは皮肉です）

勉強と努力は同じ?

では、勉強とは意味のない行為なのか、あるいは、価値の認められない無駄な行動なのか、というと、もちろんそうではない。もし価値がないのなら、国民の義務になど指定されているはずがないし、そもそも勉強が大事なものであることは、大人も子供も、うすうすは理解しているだろう。それがまったく理解できないという人間は、ほとんど馬鹿だといって良いので、勉強しても、しなくても同じかもしれない。ただ単に、「勉強」があまりに美化されていたり、あまりに都合の良い言葉で飾られているから、それはちょっと言い過ぎだ、というだけの話かもしれない。これは、「努力」でも、同じ傾向が見られる。努力とは、無条件に良いもの、素晴らしいものであり、努力さえすれば、誰でも思い通りの成功を手に入れることができる、という幻想を多くのマスコミ、多くの大人たちが語る。多くの建前が、それを謳《うた》っている。はっきりいうが、こういうのを「綺麗事《きれいごと》」というのである。

「勉強」と「努力」は、ほとんど同じ行為かもしれないが、努力のうち、学問に関係するものを勉強と呼んでいるように見受けられる。ただし、スポーツでも「勉強になる」という表現は使うし、また、商売人が、努力をしてぎりぎりまで値段を下げる、オマケをする行為なども「勉強する」と言ったりする。

簡単にいえば、「勉強」というのは、「目前の利ではなく、将来の大きな利を期待して、現在の苦を選択すること」といえるだろう。この理屈があるから、「スポ根」ドラマのように、「必勝」の鉢巻《はちま》きをして、塾生たちが休み返上で合宿をするような光景を連想させる結果となる。

本書で述べる勉強の価値とは？

ここで告白しておくが、この本を書いている僕は、人に勝つことに価値を見出さない人間である。また、人は自由であるべきだ、という信念を持っている人間でもある。したがって、そんなに嫌な思いをしてまで、人生の大事な時間を「勉強」に捧げる必要が本当にあるのだろうか、という疑いを抱かずにはいられない。

事実、子供のときの僕は、その疑問を強く持っていた。それでも、現在の僕は、基本的には勉強をするべきだ、と考えている。何故、心を入れ替えたのか？　また、そう考えるようになった理由は何か？

「勉強の価値」を、実は僕自身、大学の四年生になるまで知らなかった。だから、その時点までは、僕は勉強をほとんどしなかった。嫌なことはしない、適当にサボることにしていた。ひねくれてはいても、正直者だったのだ。

ところが、二十一歳になって、ようやく勉強をする理由に気づいた。それはつまり、「勉強の価値」なるものを見つけた、ということである。

だから、この本の結論は、「勉強はした方が良い」ということになってしまう。

ただ、その理由として、人に勝つためでもなく、また社会的な成功へ自分を導くためでもなく、最も単純な個人的な願望に焦点を当てる、という点で、これまでにない視点を読者にもたらすかもしれない。

最初に、勉強は楽しいものではない、と書いたが、楽しくない理由があるのだ。その条件さえ排除すれば、勉強の新しい（本来の）楽しさがじわじわと感じられるようになる。それは、残念ながら、子供のような若い年齢では無理かもしれない。どうしてなのか？その理由も本書で述べたい。

さらにいえば、本書を読むことで、勉強が楽しくなるようなことはない。勉強をする気になるかどうかも、まったく無関係だ。だから、子供に勉強させたい人や、自身でもっと勉強がしたい人にも、本書はそれほど役に立つことはない。

勉強は、釘《くぎ》を打つ練習である

何故役に立たないかといえば、多くの人は、楽しさを求めているのではなく、楽しくなる「方法」を求めているからだ。勉強が楽しくなる、勉強を効率良く行う、といった「方法」は存在しない。また、ある条件が揃《そろ》えば勉強が楽しくなることは確かだが、それは

「方法」ではないし、また、そもそも楽しさを求める行為でもない。

「勉強に対して、なんとかやる気を出したい」といった淡い（あるいは甘い）期待をしている人は、諦めた方が良い。

もっと簡単に述べると、勉強というのは、その行為に目的があるのではない、という点が重要なのだ。なにか、ほかに目的がある。そして、そのための過程が「勉強」と呼ばれているだけである。したがって、その過程を楽しめるかどうか、という問題は、本来の目的が見えていないわけで、そもそも問題でもない。どうでも良いことだといっても過言ではない。

わかりやすく例を挙げよう。たとえば、金槌《かなづち》で釘を打つこと、これが「勉強」というものの本質である。もし、金槌で釘を打つことが楽しいという人がいれば、それはそれで幸せである。一生その趣味を続けて、釘を打ち続ければよろしい。しかし、普通は、釘を打つ目的がほかにある。その目的が、釘を打つ行為を始めるよりもさきにある場合は、釘を打つことが楽しく感じられるだろう。自分が作りたいものがどんどん出来上がっていくし、また、釘の打ち方もしだいに上達するはずである。これもまた、楽しい体験となる。だが、その楽しさは、「作りたいもの」へ近づくプロセスが生み出している。

一方、まだ作りたいものがない人、作る目的がない人に、釘の打ち方を教えるとしたら、どうだろうか？　それを教わる人は、いったい何が楽しいのか、まったくわからない。非常につまらない、と感じるだろう。もっと楽しいことが沢山あるのに、どうしてこんなことをしなければならないのか、と考えるはずだ。

釘打ち教育の間違いのパターン

「釘の打ち方は、将来社会に出て、必ず役に立つ」と口を酸っぱくして教える手はある。また、「釘を上手く打てれば、みんなが注目する」などと言って教えるのも、まあ、それなりに効果を挙げるだろう。だが、はっきりいって、釘を打つことの本質を見失っているし、半分くらい子供を騙しているといえるのではないか。

「音楽に合わせて金槌を振り、楽しく釘を打ちましょう」と指導するのが、「楽しく勉強しましょう」という「不思議な」現代の教育法といえる。子供たちは、一時的に楽しいかもしれないが、それでは、釘を打つ方法を学ぶ効率さえ低下しかねない。リズムの取り方など、ほかへ気が行ってしまうからだ。この状況は、冗談の一つだと解釈するしかない。

また、「どうすれば釘の打ち方を効率良く学べるでしょうか？」という質問も、意味がないとまではいえないものの、本質から外れた問題だとご理解いただけると思う。方法を学んでいるのに、それを学ぶ方法を尋ねているのだ。さらに、その方法の方法を尋ねることになるかもしれない。世の中に蔓延する「効率の良い方法」とは、思考停止の反応にすぎない。

また、「釘打ちコンテスト」なるものを想像させて、人に勝つために努力しましょう、という方向性も、俯瞰《ふかん》すれば、いったい何をしているのか、という問題に行き着くだろう。マニアックな趣味としては成立するものの、常識的に見れば、やはり目的を見失っている結果である（ただし、目的を見失うことが楽しいという価値観もあるので、全否定しているわけではない）。

勉強が楽しくなる唯一の条件

釘打ちを学ぶことが楽しく感じられる、唯一のケースは、作りたいものが目前にある場合である。

作りたいものとは、「作りましょう」と他者から提示されたものではない。そのように用意された目的は、やはり一時の幻想といえる。「こんな立派な本棚が作れますよ、これを皆さんでこれから作りましょう」というような、釘打ちの学び方では駄目だ、ということである。ここを注意していただきたい。

そうではなく、自分が作りたいものがまずあって、そのためには、どうしても釘を打たなければならないことが判明する。だから、釘の打ち方を勉強したい。そうなって初めて、その勉強に意味が浮上し、価値が生じるのである。

このようなシチュエーションでは、どうすれば自分の夢が実現するだろうか、と必死になって方法を模索することになる。その過程で、釘打ちという方法を発見し、その方法について調べ、必要な道具も揃えて、「自分にできるだろうか」と迷いつつも、チャレンジすることになる。こうなったとき初めて、方法を学ぶことが「楽しい」ことに昇華《しょうか》される。すなわち、「勉強」が楽しくなるのは、そうすることで夢が叶うという目的が明確にある場合なのだ。

こうなったときの勉強の楽しさといったら、ちょっとほかでは得られないほど凄《すご》いものだ。そんな状況で勉強をしたことがある人は、大きく頷《うなず》くことだろう。もしかして、これよりも楽しいものは、この世にないのではないか、と感じられるほど、わくわくし、興奮し、生きていることの価値を実感できる時間になる。そして、おそらく、大部分の人たちは、この楽しさを知らずに生きているのではないか、と想像する。

本書で述べる、「勉強の価値」とは、前記のような条件下で生じるものである。それ以外では、非常に限られた部分的なもの（サブセット）だけしか得られない。もちろん、ちょっとした「雰囲気」程度なら、御膳立てされたもので体験することができるかもしれないが、それらは、あくまでも擬似体験にすぎないし、本当の楽しみの百分の一程度のものだと思った方が良い。感覚の鋭い子供たちは、この手の御膳立てを繰り返し体験させられ、「なんだ、この程度のものか」と思わされている。子供にこそ、本当のものを与えることが大事だと考えるのだが、いかがだろうか？

義務教育の価値

一言つけ加えておくが、学ぶための方法（学ぶという方法の方法）を教えているのが、義務教育だといえる。

文章が読めなければ、自分で学ぼうと思ったときに大きな困難が伴う。数字の計算ができないことも、自分の夢を実現する方法を試すときに障害となるだろう。基礎学力は、そういった意味で必要不可欠なものである。ただ、その学習は全然楽しいものではない。だが、のちのちの自分の可能性を狭《せば》めることにつながるので、騙されたと思ってやっておくしかない。子供たちには、はっきりとそう教えることが必要である。「楽しくないけれど我慢しなさい」と説得することが正しい。大人は、子供に対して正直になるべきだし、子供も、大人の正直さを見定める能力を持っているはずだ。

僕自身、小学校、中学校で学んだことに、感謝の念を抱いている。大嫌いだったけれど、なんとなく、逃げ出すことなく、学んでおいて良かった、と思うしだいである。

勉強は大人がするものである

さて、明確な目的を持つためには、少なからず人生経験が必要だろう。世の中に何があるのか。自分の可能性はどの範囲なのか。そういったことは、二十年くらい生きていないと理解することができない。つまり、夢を見るためには、最低限の基礎的なことを学ぶ必要がある。

そうしたうえで、自分はこれがしたい、というものを見つける。それからが、本当の勉強の始まりである。もう、そうなれば「楽しさ」というエネルギィによって、たとえ誰かに止められても前進し続けることになるだろう。

したがって、勉強は大人のためのものである。子供が学校で習っているのは、大人になってから本当に楽しい勉強ができるための基礎体力をつけているようなものだ。

本書は、子供向けの本ではないし、子供に勉強させたい親が読んでも、ほぼ意味がない。もし子供に勉強させたかったら、まず親が勉強すること。親が勉強に熱中している姿を見せること。そうすれば、「なにか楽しいことがあるのだな」という雰囲気が子供に伝わるはずである。教育とは、本来そういうものではないか、と僕は考えている。

本書では、そんな大人の勉強の価値について、僕が思うところを述べる。僕が考えたことが正しい、と主張するつもりはないし、具体的な証拠を取り上げるような研究でもない。「このように考えることもできますよ」というだけだ。賛同を求めることもないし、また、同じようにしなさい、と指示しているのでもない。

それぞれが考え、それこそ勉強して、自身の人生に活かしてもらえれば幸いである。僕は、人の役に立つことが嬉しいとはあまり思わない人間だ。また、自分の意見が認められても、べつになんとも感じない。人それぞれだし、いろいろな人がいることが、社会の厚みである。また、個人においても、いろいろな意見を持ち、常に考え、迷うことにこそ価値がある、と信じている。

第1章

勉強とは何か？

勉強とはデータのインプット

「勉強」という言葉を知らない人はいないだろう。幼稚園児でさえ、知っているはずだ。また、多くの人が頻繁に、日常的に使う言葉であり、ほぼ共通した意味に使用されているように観察される。

すなわち、なにか学問的な知識を学ぶ行為、といったところだろうか。英語では、「study」か「work」か、あるいは「learning」になる。

多くの人（特に日本人）が意識するのは、なんらかの「知識を頭に入れる」こと、ほかの表現を用いれば、データを「インプット」すること、これが勉強という行為である。

小学校などで行われる授業では、なにかを覚えることが、勉強の具体的な作業である場合が多い。頭に入れて記憶することは、コンピュータにデータをインプットする作業に似ている。こうして記憶したものは、意識的に思い出せなければならない。頭に入れただけで、自由に出せないのでは意味がないからだ。つまり、データを持っているだけでは不充分で、その知識を適宜出力して利用できることに価値がある。このような価値ある状態になるために、人は勉強をする。

この価値を試すために、すなわち、覚えたことを思い出せるかを試すために、学校では試験が行われる。その人がデータを頭に入れていて、正確にそれを取り出すことができるかどうか、その能力をテストするわけである。このように、試験が行われている時間（あるいは体験）は「勉強」とはいわない。試験は、データのアウトプットであるから勉強ではない、という認識が一般的だろう。

データのインプットだけではない

ところが、データのインプットばかりともいえない。国語や社会と比較して、少し様相が異なるのが、算数だ。算数の授業で習うことは「知識」といえるだろうか？

言葉を覚えるのは、データのインプットといえるけれど、算数で習うのは、計算のし方であったり、ものの考え方であったりする。同じ「勉強」でも、ずいぶん異なる行為のように感じられるはずである。

ものを覚えることが勉強だ、と認識している子供たちは、算数の計算までは理解できても、テストで「応用問題」と呼ばれる文章題に戸惑うことになる。「こんな問題は授業では教えてもらえなかった」と言う子供もいるかもしれない。自分が覚えていないものを頭から出すことはできない。ここが、算数という科目が特別視される要因である。

たとえば、算数の「勉強」をするには、何をどうすれば良いだろうか？

ドリルにあるのは、計算問題が大半であり、そのような計算を間違えることなくこなす行為が勉強だろうか？

計算は、ある意味で、体育に似ている。「頭の体操」といえるかもしれない。これは、勉強というよりは、「訓練」に近い行為ではないだろうか。しかし、こういったものも、勉強に含まれることはまちがいない。

算数に類似した分野として、「文法」があるように思う。文法というのは、文章の規則性を覚えることである。国語や英語などの授業で、この文法が取り上げられるが、規則性を覚えること、その知識自体が目的ではない。「サ行五段活用」や「現在進行形」という名称を記憶しても意味はない。そうではなく、この文法に則《のっと》った文章を作成すること、つまり文法を自由に応用できる能力が求められる。それが文法の勉強の目的であるから、その意味では、数学で計算方法を習い、問題を解決するためにそれを応用することと類似しているだろう。

アウトプットも勉強になる

「勉強」とは、データを頭にインプットする行為（つまり記憶）と同義ではない。そのデータを活用する能力を身につけることが勉強の目的であり、あるときは個々のデータを関連づけて、複合的な知見を得ること、さらに、それをどのようにアウトプットするのか、ということまでも含めた総合的な能力を養うことが、勉強と総称されているわけである。

たとえば、学校では頻繁に発表会なるものが開催される。大勢の前でプレゼンをする練習である。研究発表会といったものもあるはずだ。このように、アウトプットすることで、一度頭に入れたデータを関連づける「気づき」を伴うこともあるし、また、他者に向けて言葉を発するという行為によって、普段よりも印象強く記憶が形成される効果も認められる。つまり、アウトプットすることは、インプットしたものを応用したり、また、長く記憶に留めるのに役立つので、その意味では立派な「勉強」といえる。

覚えることと、理解すること

そのような方法論、あるいは効率的なことは脇へ置いて、本質的なことに目を向ければ、「勉強」というのは、第一に、やはり外部にあるデータを自分の頭脳に取り込むことである。また、第二に、そのインプットの過程において、そのデータが使いやすいように整理されていることも重要視される。

この第一の行為は、「覚える」という動詞で代表されるが、第二は、「理解する」という言葉が用いられることが多い。

覚えているだけでは駄目で、理解している必要がある、というのはよく耳にする指摘であるが、これは、知識として記憶されるデータを、関連づけ、筋道をつけたものとして整理することを、「理解する」といっているのだろう。

記憶したものをそのままアウトプットするだけで問題が解決する例は、非常に限られている。試験問題か、あるいはクイズくらいだろうか。社会で生きていくときに直面するような問題というのは、頭の中の知識を答えるだけで解決するものでは基本的にない。

だからといって、ものを覚えることに意味がないというわけではない。たとえば、言葉を覚えたり、文字を覚えることで、文章が読めるようになるわけだが、文章を読む能力は、新たな知識を自力で取り入れることを可能にする。知識が広がることは、その人の行動の範囲を広げることでもある。あらゆる方向に可能性が見えてくるし、また、成功する確率を高くし、そこに到達する時間を早める。

覚えることに偏《かたよ》った勉強で良いのか？

テストで正解を答えることが、勉強の主目的となっているのが、現代の教育の最大の問題だともいえる。実際、テストで良い点を取ること、入試に合格することが、多くの子供たちにとって勉強の目的となっている。それを目的にしないと、小学校や中学校の生徒たちに、勉強のモチベーションを持たせることが難しいからだろう。

しかし、こうした「記憶」に偏った勉強ばかりしていると、覚えたことを正確に答えることが人間の能力だと勘違いしてしまうため、社会に出てから少々不具合が生じることになる。何故ならば、データの記憶や出力の正確さは、人間よりも機械の方がはるかに高い能力を持っているからだ。現代社会においては、その種の作業はすべて自動化され、ＡＩが進出している。人間の記憶能力は、もはや求められていない。それこそ、ＴＶのクイズ番組に出場するくらいしか、その能力を発揮する場がない。

また、試験で高得点を取ること、合格することをモチベーションにしている人は、結局は「他者に勝つ」こと、合格して周囲から「褒《ほ》められる」ことが、勉強の報酬だという認識を持っている。若いうちはそれでも良いのかもしれないが、しばらく社会を生きていくうちに、大きな壁にぶつかることになるだろう。

社会は、試験のようなわかりやすいゲームの場ではなく、もっと複雑な問題解決の能力が要求される。多くの場合、新たな発想であるとか、創造的な思考を求められる。頭がそちらへ切り替えられる人は良いが、ただ覚える、覚えたことを出す、という能力だけでは、いずれ「役に立たない人間」と認識される結果になりかねない。

データを正確に記憶し、それを正しく瞬時にアウトプットする能力は、大学の入試であるとか、あるいは各種職業の資格試験でしか役に立たない。これらは、人生のゴールではない。その分野のスタート地点にすぎない。そこで合格することで、同じ能力を持った他者と、これまで使ったことがない能力を比較される場へ迎え入れられる。だから、合格したと喜んでいられるのはごく短い間だけだ。むしろ、難しい立場にわざわざ立たされた、と認識した方が良いだろう。

大人になったら別の勉強を

データのインプットによって難関の大学に入り、その後も成功を重ねた方たちが大勢いる。しかし、そういう人たちは、その後、別の勉強をされている。データを応用し、関連づけ、新しい発想をすることを、それぞれの職場で勉強している。実は、ここからが本当の勉強といえるのかもしれない。

大人になって、なにかの職業に就いたあとも、勉強は続く、ということである。

この時点になると、「勉強」という言葉を使わない分野も多いかもしれない。それに換わって「仕事を覚える」という表現が多くなりそうだ。だから、その仕事に就いたばかりの新人は、その仕事特有の知識がなにかあって、それを誰か先輩が教えてくれるものだ、と期待する。事実、そういった情報がきちんとマニュアルとなっている業種もあるが、それは、作業が非常に単純で、バイトのようにすぐに働くことができる場に限られるだろう。

多くの仕事は、マニュアル化されていない。文章化できないようなノウハウが、その仕事の核となっているのだ。これは、「コツ」と呼ばれたり、「技術」と呼ばれたり、あるいは、「人間関係」とか、「信頼」とか、まったく別の要素として評価されるものだが、結局は、その個人が勉強したことであり、個人の中に築かれるものだ。「知識」にはちがいないのだが、簡単に頭から出せないし、人に伝達することも困難である。ちょうど、「自転車の乗り方」のようなものだ。どうやって倒れずに走れるのか、言葉では説明ができないだろう。

観察力、予測力、想像力を養う

ここまで来ると、いったい「勉強」とは何か、という問題がいかに広い範囲に及び、複雑かつ総合的なテーマになっているかということに気づかれるはずである。

無理に言葉にすれば、勉強とは「自分を高める行為」というくらい抽象的にしか表現できない。そんな話をすると、「高める」とは何か、という問題になり、これまた、個人によってさまざまな方向性を持っているから、一義的に、これが「高い」とか、あちらの方が「高い」とはいえなくなる。

子供たちに、「勉強とは、君を高めることだ」と教えても、首を捻《ひね》られるだけだろう。「背が高くなるの？」と尋ねられるのがオチである。

ただ、「高い」という表現は、非常に的確に抽象しているように感じる。勉強で自身を高めることができると、何が得られるのかといえば、それはまず「広い視野」であり、俯《ふ》瞰《かん》による客観的な「観察力」、そしてまた、あらゆるものを遠望できる「予測力」、あるいは「想像力」である。これらは、「高い」位置だからこそ可能になるもの、といえばイメージしやすい。

そして、そういった視野、客観、遠望によって得られるものは、もちろん自身にとって非常に大きな価値であり、未来の利益をもたらすだろう。これも抽象的にしか語れない。なにしろ、個人によってそれぞれ「利益」が異なっているからだ。ある人は、富を得るし、またある人は人気や人望を得る。さらには、自身の安全な立場を構築する。いずれも、自身にとっての満足のいく幸せな人生に結びつくだろう。

　そういうものを得るための行為が「勉強」と呼ばれるのである。

勉強の価値は抽象性にある

　一番問題なのは、この勉強という行為の「抽象性」にあるといっても過言ではない。勉強が「何の役に立つのか？」と問われることは、非常に多い。社会に出てから、「こんな知識が本当に役に立つのか」と疑問を投げかける人も多数いるはず。

しかしそれは、勉強という行為の抽象性が理解されていないから、生じる誤解である。

勉強は、そのように具体的な成果を求める行為では、そもそもない。

　そこが最も重要なポイントであるにもかかわらず、いつも「何の役に立つのか？」という反発を受けるのが「勉強」であり、これに対する具体的な言い訳をしてしまうことで、ますますわけがわからなくなるのだ。

したがって、「勉強が何の役に立つのか？」と問われたときに僕は、「あなたは何の役に立つのか？」ときき返すことにしている。多少丁寧に問うとしたら、「あなたは何の役に立ちたいのですか？」となり、それに対する本人の返答が、勉強をする目的になりうるし、それがつまりは、「人間の価値」にもなるだろう。

「役に立つ」とはどういう意味か？

もう少し書いておきたいことがある。「役に立つ」という言葉は、多くの場合、その対象は自分自身よりも他者、そして社会に向かっている印象がある。つまり、誰かを助ける、社会に貢献する、という現象を「役に立つ」といっているのだ。

世の中、人間の社会は、お互いがお互いの役に立つことで成り立っている。これは当たり前のことで、今さら強調するまでもない。ところが昨今では、「絆《きずな》」や「家族の愛」などが必要以上に強調され、社会に対しても献身的に奉仕する人を美化してマスコミが取り上げている。こういうものが「役に立つ」ことだと啓蒙《けいもう》しているように見える。

しかし、普通に仕事をすること、普通に生きていくこと、つまり法律を守って、争いを避けて、各自が好きなように生活することだって、社会貢献なのである。金を稼いで税金を納めることも社会貢献だし、また、消費すること（つまり買い物をすること）だって社会貢献といえる。子供は、両親に心配をかけないように良い子でいることが社会貢献になるし、また学校で勉強をすることだって立派な社会貢献である。

普通に生きていれば、それだけで他者の役に立っている。そういう仕組みを、現代の社会は持っているのである。長い歴史を通して、人間が築き上げてきた仕組みだといえる。

そんななかで、勉強をすることは、見かけ上は地味な作業である。現在大人たちが「絆を大切に」「つながり合おう」と吹聴《ふいちょう》し、子供たちがそれに応じて「家族愛」「友情」と連呼するものに比べれば、勉強は他者の役に立つものではないかもしれない。何故なら、勉強は、もう少し、他者ではなく自分寄りの行為だからである。

勉強は子供の仕事なのか？

自分の役に立つことをする、それが勉強だ、といっても良い。なにしろ、自分の夢を叶えてくれる方法の一つなのだから、これはまちがいないところだろう。ただし、「自分の夢は、みんなの役に立つことだ」という立派な志の人もいるだろうから、その場合は結果的に、他者のために勉強することになる。

「勉強は子供の仕事だ」という言葉もときどき聞かれるものだ。僕は子供のときには、大人たちがよくこれを口にするのを聞いた。大人はほぼ例外なく、働かなければならない。それと同じようなノルマとして、子供は勉強をするものだ、そうすることが社会の一員としての務めだ、という考え方である。これは、モラルに近いものとして、長く、そして広く、この社会に行き渡っているスローガンかもしれない。

一見、なかなか的《まと》を射た表現のように感じられる。仕事も勉強も、同じように楽しいものではないけれど、自分にとってなんらかのメリットがあるから、未来の期待まで含めて考えれば、そこそこ楽しく感じられることだってある。仕事をすれば賃金を得ることができるし、一所懸命働けば社会的な地位が向上することもある。勉強をすれば知識を得ることができ、良い大学へ進学できれば、より良い環境や社会的地位を目指すポジションに近づける。大人の「仕事」も子供の「勉強」も、こうして見ると、ほとんど同じかもしれない。

ただ、唯一の違いは、仕事は自分である程度選ぶことができるが、勉強は選べない、という点だろう。仕事は、自分が得意な分野に進めば良いけれど、勉強は、少なくとも義務教育の間は、そういった選択ができない。得意なことだけ勉強することが許されるのは、十代後半になってからだろう。

子供の勉強は大人の仕事よりも辛い

また、仕事も勉強も、いちおう国民の義務と定められているけれど、仕事は嫌なら辞めることができるのに対して、学校は嫌だからといって簡単に変えることができない。まったく不可能ではないが、子供には、そういった権限が与えられていない場合がほとんどだ。よほど揉《も》めて、最悪の事態にならないかぎり、子供の願望は聞いてもらえない。

したがって、これらの点において、仕事よりも勉強の方が辛いものになりえる。大人は、そのことをよく承知しておくべきだ。「仕事は大変なんだよ」と家に帰ったら子供に語っている親が多いかもしれないが、はっきりいって、学校の方が大変である。少なくとも、僕は大人になってから、「子供のときに比べたら、大人は自由だなあ」と思うことが多かった。我慢をしなければならないことは、子供のときよりも確実に減ったように感じた。すべてを自分が好きなようにできる、という自由を大人は基本的に持っているからだ。

大人は、嫌なことはしなくて良い。嫌な人とつき合わなくても良い。好きなところへいつでも引っ越すことができる。大人にのしかかる拘束は、食っていけるだけの金を、なんらかの方法で稼ぐ必要がある、という条件だけだ。

大勢で同じことをする教育

　勉強は、嫌いなものを学ばなければならない。たとえば、僕は国語が大嫌いだった。国語の授業がある日は憂鬱《ゆううつ》だった。どうしてかというと、僕は文章をすらすらと読むことができない子供だったからだ。

　文章をみんなの前で淀《よど》みなく間違えることなく読む能力は、アナウンサになる人には大切かもしれない。しかし、普通はそういった状況はありえない。せいぜい、中学校の国語の授業までである。事実、僕の場合も高校生や大学生になったあとは、一人ずつ教科書を読まされるような授業はなかったので、国語の授業が苦痛ではなくなった。

　学校というところは、大勢で同じことをする場でもある。そういった集団行動が必要なのは、たとえば軍隊とか、あるいはスポーツなどのチームがそうだろう。もちろん、社会でも、同じ会社の仲間で協力し合って仕事を進めることはあるが、まったく同じ作業をするようなことは、大量生産を行う工場でかつてあっただけで、今はもうないといえる状況だろう。

大勢が同じことをするから、どうしても比較される。上手にできる子と、上手にできない子が、比較によって生じる。先生と生徒の一対一で教育が行われていれば、少々上手にできなくても、恥ずかしい思いをすることはないはずだ。恥ずかしい思いをさせることが教育的効果だ、と昔は考えられていたようだが、今ではこうした教育方針は否定されている。褒めて育てる、という方向へシフトしているのだ。

勉強は、それをする本人のためになる行為である。自身の成長が目的だ。それなのに、成長が著しい低年齢のときに、他者と比較される場で教育が行われている、というのは一つの問題といっても良い。これだけ科学が進歩した現在、集団で教育する必然性は薄れている。メリットもあるけれど、デメリットが大きいことを、少しくらい議論しても良さそうなものだが、日本の学校教育は未だ、通信を用いた個別学習などを行おうとしていない。頭が固い人間が教育界のトップにいるのかな、と僕などは想像してしまうのだが、いかがだろうか。

褒めてもらうために勉強する?

勉強とは何か、という話をしていて、「役に立つ」行為だという観点から、誰の役に立つのか、という方向へ話が逸れているわけだが、つまり、自分自身を高める行為が本来の勉強ではあるものの、他者の役に立つための行為もまた、同じように勉強として認識されている、ということのようだ。むしろ、この後者の概念の方が、現代では強くなっているのかもしれない。

さらに、「自分を高める」といっても、他者との比較において、という評価条件が混入するため、結局「競争に勝つ」といった方向へ、またも逸れていき、本来の勉強からのズレが大きくなっている気がしないでもない。このあたりは、難しい部分だと思う。

それ以前に、現代人の多く、特に若者のほとんどは、他者から評価されたいという観念に取《と》り憑《つ》かれている傾向があり、自分が何をしたいのか、自分の夢は何か、といった自己の願望を、他者と切り離して想像することさえできないように見受けられる。

こうなってくると、自分を高めるための勉強も、他者に認められる自分を形成する作業となる。褒められたいから勉強する、ということだ。

褒められることは、褒めてくれる人が近くにいれば、非常に簡単である。たとえば、小さな子供なら、なにをしても両親や祖父母に褒めてもらえるだろう（それがかなわない不幸な環境に置かれている子供も、例外的に存在するけれど、ここでは平均的な現代の傾向について述べている)。

他者との競争で勝つことは、褒められることより、はるかに難しい。二人いれば、勝てる可能性は五十パーセントであり、また百人いれば、一パーセントになる。

しかし、努力をすれば無条件に褒めてもらえる、という現代の風潮は、この競争の敗者には救いとなる。結果として、ほとんどの小学生は、褒めてもらうために勉強をしている、といえる状況だろう。こうなると、勉強とは自分を高める行為というよりも、褒めてもらえそうな自分を作る行為という定義になる。

褒めるなら、一緒に勉強しよう

褒めてもらえれば、普通は誰でも気持ちが良い。特に子供は嬉しいだろう。すると、たとえば、難しい問題を解くよりも、簡単な問題を解こうとするようになる。ちょっとした成功で褒められるのであれば、簡単に成功できそうなものを選択するだろう。これが、褒めるという教育方針が招く問題といえる。

褒めて育てることがいけない、といっているのではない。褒めるという行為について、大人はもっと勉強した方が良い、という話である。なんでもかんでも褒めるのではなく、子供が勉強で何を得たのかをよく見定める必要がある。そういう意味では、親も子供と一緒に勉強した方がよろしい。そうすれば、難しい問題なのか、簡単な問題なのか、どれくらい褒めるべき結果なのか、判断できる。

そんな時間はない、とおっしゃるかもしれないが、少なくとも、これは時間の問題ではない。時間がなくて勉強ができない親は、「褒めない」という選択だってありえる。褒めない親は、褒めたときに子供に与える効果が非常に大きい。これも一つの方法である。わかりやすくいえば、「見境なく、簡単に褒めるな」ということになるだろうか。

言葉を覚えるだけでは不充分

さて、勉強とは何か、というテーマで、もう少し具体的なことを書こう。「勉強」とは、何をする行為だろうか。多くの場合、先生の話を聴く、教科書などを読む、問題集を解く、なにかを調べる、といったところだろう。

このうち、話を聴くのと文章を読むのは、明らかにデータのインプットであるけれど、問題集を解く行為は、インプットではない。自分の頭の中に入ったものを出すわけだからアウトプットである。また、計算問題であれば、頭の運動をしているような行為であり、エネルギィを消費して「(物理学でいう) 仕事」をしているのだから、これもアウトプットといえることは既に述べた。

覚えたものを頭から出すといっても、それほど単純な行為ではない。まったく同じキーワードで一対一に対応している場合は、即答できるかもしれないが、何が問われているのか、と考えなければならない場合が非常に多い。もしかして、過去に自分が覚えたあれが、今ここで問われているのだろうか、といった想像や連想をしたうえで答えるのが普通である。覚えるだけで、試験の点数を稼ぐことにならないのは、このためである。

単純な暗記だけで、すべての問題が解けるわけではない、ということだ。それは、データというものが、複雑にリンクし合っているためであり、その関連を覚えることが「知識」だといっても良い。言葉だけを鵜呑みにしても、それを「知っている」ことにはならない。

このデータのリンクを覚えるというのは、ストーリィを覚えることに似ている。ある固有名詞を覚えるとき、その固有名詞に付随しているストーリィを覚えないと、知識として不充分であり、つまり、その固有名詞を知っていることにはならない。

このあたりが、「知る」と「理解」の違いともいえる。勉強というのは、知ることではなく、理解することなのだ。

知識とは概念を知っていること

さらに、一足す一が二であることを、データ（あるいは言葉）として知っていても、それは「足し算」を知っていることにはならない。足し算というのは、方法の名称であるが、その名称に価値があるのではない。「数を加えることを何と呼ぶか？」なんて問題は、算数のテストでは出ない。名称を覚えていても、役に立たない。

たとえば、「足し算」を英語で言えなければ、アメリカで足し算ができない、ということではない。世界中どこへ行っても、足し算を知っていることになるし、足し算を実際にしてみせることができる。ただ、数を言葉にできなければ、その国の人たちに答を伝えることができないだけである（幸い、発音できなくても、多くの国で数字は同じ文字が使われているが）。

テストでは、言葉や数字で答えることになるけれど、知識の本質は言葉ではない。足し算の方法を知っていることは知識であるが、言葉で説明ができない場合だってあるし、さきほどの例のように、言葉を知らなくても、足し算はできる。

それは、算数に限定されるものでもない。たとえば、「人」という単語は、日本語である。この言葉を知っていることは、「人というものが何か」を知っていることではない。人というものが何か、つまりその「概念」は言葉にはなりにくい。「人」という言葉を使わず、ほかの表現で述べることはできても、いずれも日本語の知識であり、人の概念の知識ではない。どのようなものを人と呼ぶのか、その一般的、平均的な、ぼんやりとした印象があるだけで、明確に定義されているものでもない。多くの人は、そういった定義を行わずに、「人」を（ぼんやりと）認識していて、「君は人であるが、この人形は人ではない」というように判断をしている。

言葉にならないものを考える能力

もっと抽象的な単語になると、言葉で説明することさえできないものもある。たとえば、今使った「概念」などは、別の言葉で説明できるだろうか？　「意味」という言葉は、どんな意味なのか説明できるだろうか？

しかし、小学生にもなれば、「意味」という言葉を知っていて、その言葉を使うこともできるだろう。それは、その「意味」の意味を（完全かどうかはわからないものの）理解しているからである。つまり、言葉で説明できなくても、人間は対象を捉えて理解できるし、それを応用して使うこともできる。

「頭で考えることは、すべて言葉だ」とか、「人間は言葉で考える」というのも、完全に正しいとはいえない。人によっては、大部分が言葉かもしれないが、全部ではない。自分のよく知っている人の顔を認識できるし、その人物を思い浮かべることもできるが、それはその人の名前を知っているからではない。名前が思い出せないときだってある。どんな顔なのか、言葉で説明できなくても、本人を見て、まちがいなく個人を特定できる能力を、誰もが持っている。

こうした人間の能力は、言葉による教育で大部分が失われてしまうのではないか、と僕は考えている。幸い、僕は子供の頃にほとんど勉強というものをしなかったためか、言葉で考えるという習慣がない。思考は、すべて映像で行われる。現在は、文字を出力する作家という仕事をしているのだが、考えることは映像である。

固有名詞を覚えられない

皆さんは、夢を言葉で見るだろうか？　つまり、文章がテロップのように流れたり、ナレーションのように声だけが流れる夢を見るだろうか。もちろん、そういう方がいることと想像する（たとえば、視覚に障害がある人の夢は、音が中心になるだろう）。

頭の中で物事を考えるのは、あの夢を見るのと同じである。少なくとも、僕はこれと同じだ。数学の問題を考えるときも、頭にグラフなどの映像が展開する。したがって、幾何《きか》の方が僕は得意だった。代数の問題は、グラフに変換して頭に思い浮かべるため、その変換に時間がかかる。

僕は、固有名詞を覚えない。何度もそれを書いているから、森博嗣をご存知の方は、またその話か、と思われるはずだ。覚えないというよりも、固有名詞を覚えられないから、諦めて覚えないことにした。子供のときからずっとである。人の名前とか地名とかが、頭に入らない。だから、本を読むときには、固有名詞を飛ばして読む癖がついている。飛ばさないと、固有名詞のところで思考が止まってしまい、本が読めなくなってしまうからだ。これも、固有名詞が映像になりにくいことが原因である。

織田信長のように既に知っている人物ならば、その人物像を思い浮かべれば良いが、知らない人間であれば、その名前の文字を映像として記憶するしかない。たとえば、その名前を墓石のように石に彫っていく作業を頭の中で想像する必要がある。非常に時間がかかる。そこまでしないと覚えられない。なにしろ、文字というのは、似たような形のものが多すぎるから、すぐにピントがずれてしまい、読めなくなるか、間違った文字になってしまう。

暗記ものの勉強を諦めた

勉強には、「暗記もの」というジャンルがあって、ひたすら単語を覚えるのだが、僕は子供のときに、何故人間の頭にメモをしなければならないのか、と不思議に思った。どうしても覚える必要があるものならば、メモを取れば良い。そのメモを肌身離さず持っていれば事足りることなのに、何故こんな苦労をしなければならないのだろう、と不思議に思った。僕には、それくらい大変な「苦労」に感じられたからだ。そんなことから、とにかく暗記する行為を放棄し、そういった分野の勉強をしないことに決めたのだ。

おかげで社会科などは、ほとんど点が取れなくなった。いつも落第点すれすれだった。国語も大嫌いなジャンルだ。なにしろ、問題を読むだけでテストの時間の大半がなくなる。その意味を頭に（映像として）展開するだけで、時間が終了してしまう。

このあたりの話は、のちほど詳しく書くつもりだが、小学生の僕は、既にそういうものを「勉強」から除外していたのだ。この決断は悪くなかった、と今も思っている。これが許されたのは、僕の父が、「数学だけできれば、あとはなんとでもなるから、無理に勉強することはない」と言っていたからだった。

国語、勉強、学ぶの意味は？

さて、ますます話題が逸れてしまった。

本章では、勉強とは何か、という話をしている。思い出してみてほしい。学校で、勉強とはどういうものなのか習っただろうか？

それどころか、国語とは何だ、算数とは何だ、ということも教えてもらった記憶はない。当然ながら、国語を習うことの価値、算数を学ぶことの意味も、教えてもらった覚えはない。学校の先生たちは、勉強とは何か、各学科は何か、という点をご存知なのだろうか？

ちなみに、辞書によると、「国語」は、「国語科の略」とあった。「国語科」を引いてみると、「国語に関する理解・表現・態度などの学習を目的とする教科」と述べられていた（この場合の「国語」とは日本語という意味である）。

「勉強」とは、辞書によれば、「学問や技術を学ぶこと。さまざまな経験を積んで学ぶこと」とあった。では、「学ぶ」とは何か？　辞書には、「教えを受けること、学問をすること」などと書かれている。いかがだろう？　これで理解できる方はいらっしゃるだろうか？

つまり、それほど、「国語」も「勉強」も「学ぶ」も、基本的な言葉であり、それゆえに説明が難しい、ということである。

勉強は人を変化させる

説明とは、言葉で理屈などを述べることだが、言葉にしたところで、理解ができるとはかぎらない。逆に、「国語」というものが何かわからなくても、国語の授業を受けているうちに、ほとんどの生徒が、国語を経験し、国語が何かを学ぶことになる。

「勉強」も、勉強とは何か、と理解していない子供たちが、なんとなく先生に促され、真似をしたり、考えたり、覚えたりするうちに、「ああ、これが勉強なのかな」とぼんやりと認識する行為なのである。

「学ぶ」というのは、あるときは知らないうちに自分の頭に入っていて、それによって自分が変化することでもある。それは、知ったり、気づいたり、連想したり、思い直したり、あるいは想像したり、理屈を考えたり、そんなさまざまな頭脳活動をするうちに、以前にはできなかったことが、いつの間にか可能になるような変化を伴うもの、といえる。

理屈や意味をよく知らなくても、人間はそれをすることができる。人真似であっても、同じように振る舞うことができ、そうしているうちに、自分なりのなんらかの回路というか、プログラムあるいはアプリが頭の中に出来上がる、そんな行為、それが勉強である。

「自分の勉強」を発見する

したがって、人が生きていくほぼすべての時間、人は常に勉強している、といっても良い。勉強したことを忘れてしまう場合もあるけれど、新しいデータで、古いデータをどんどん代替していく過程もまた、勉強の成果だ。忘れることは、そんなに悪いことではない。むしろ、無理に正確に覚えようとしない方が、精神衛生上良い、と僕は思う。きっと、僕と同じような子供がいる、とも思う。

勉強というのは、つまり、人の能力を高めるすべての行為のことだ。その勉強を行うこと自体、その個人の能力に依存している。したがって、人それぞれに、その人の勉強があり、その人に適した勉強法がある。

小学校や中学校では、そういった個人差には目を瞑《つむ》り、平均的なことを学ばせる。そうした経験をさせることで、個人それぞれが、自分の「勉強」を見つけることを期待しているシステムだ。

各自に「自分の勉強」を発見させる行為こそが、すなわち「教育」というものである。子供たちは、そんな深い意味を知らず、自分の勉強が発見できたかどうかも、おそらく意識していないだろう。しかし、それを見つけた子供は、ワンステップ高いところへ行く。そういったステップがいろいろな方向に、また何段も存在しているはずだ。

義務教育において、一番大切な目標は、この「自分の勉強の発見」だ、と僕は考えている。これを摑《つか》んだ子供には、もう学校の先生が必要ない。自分一人で、勉強をすることができるようになるだろう。

そして、実はそこからが、本当の勉強なのである。

第2章 勉強は面白くない？

学校は不自由な場所だ

勉強が楽しいなんて、ほぼ嘘である。勉強は、楽しくない。遊んでいる方がずっと楽しい。学校へ行くのが楽しいという子供はけっこういるようだが、学校に友達がいて、一緒に遊ぶ時間が（僅かだが）あったり、クラブ活動が楽しかったりするためだろう。近頃の子供には、大人の顔色を忖度《そんたく》し、「学校が楽しい」と語って親を安心させるくらいの知恵はついている。

学校がそんなに楽しいのなら、夏休みが嬉しいはずがない。休日は憂鬱になるはずだ。そういう子供がいるだろうか？

学校では、教室の席に並んで座り、授業の間、きょろきょろせず、静かにして、先生の言うことを聴いていないといけない。これは、はっきりいって非常に不自由だ。不自由は、つまり「辛い」と感じる。そんな時間である。

しかし、学校へ行かないという選択肢は、子供たちにはない。朝だって、もっと寝ていたいし、お腹が空いて給食を早く食べたいとも思うはずだ。どうして、決まった時間のとおりにしなければならないのか？　みんなが一緒のことをしないといけないのか？　お腹が空いている人から食べるのが、子供の幸せのためではないのか？　体育が好きな子は運動場でスポーツがしたい。体育が嫌いな子は、体育の授業が憂鬱だろう。何故、それぞれが好きなことをできないのか？

近頃の良い子は……

それなのに、近年とにかく「良い子」が増えた。子供の数が極端に減少しているし、また、子供の面倒を見る大人は、相対的に急増した。みんな長生きしていて、大勢いるのだ。学校だって、今は一クラスの生徒数が少ない。僕が子供の頃に比べると半分くらいの人数になっている。だから、大人の目が子供に行き届くようになった。こうなると、しかたがないので、子供は「良い子」の振りをする。そうすることで、大人との摩擦を避けている。そうすれば、褒められるし、自分にとって利があるからだ。

たとえば、大人に連れられ、桜を見にいったり、家族の趣味に合わせて、ドライブに同行し、両親の趣味につき合わされる。そういうときにも、「どうだった？」ときかれれば、必ず（ほぼ例外なく）「楽しかった」と答えるのが、最近の子供である。幼稚園児か、それ以下の幼い子供に多い傾向だ。実に無難な返答である。

マスコミが、ときどき幼い子供たちにマイクを向けるが、みんながみんな「楽しかったぁ」と可愛らしく答える。黙っていると、大人から「楽しかった？」と誘導尋問を受けるから、こうなる。そういう教育をしているのだ。

動物に触れ合うイベントで、羊や牛に近づくことになる。アンケートには、「楽しかった」が、まるでネットの「いいね」のように集まるだろう。素直な子供だったら、「臭かった」くらい言いそうなものだが、「それでこそ子供の発想だ」と拍手をする大人は多くはない。田舎で星空を見た子供が「蕁麻疹《じんましん》みたい」と言ったことを、「近頃の子供は〜」と嘆かわしく書いている記事があったが、こんな素晴らしい発想ができるなんて、と感心するばかりだ、少なくとも僕は。

楽しい勉強が子供の個性を殺す

大人が期待している常識的価値観を見通して、「楽しかった」と答える子供は、社会的には「良い子」かもしれないが、自分というもの、個性というものの成長が止まってしまわないか、と心配される。幼い子供にまで、そんな社会性を求めること自体が嘆かわしい世の中ではないか、と僕は感じる。

教育関係者は、知恵を絞り、工夫をして、「楽しい勉強」を作ろうとしている。涙ぐましい努力である。そして、子供たちのお決まりの「楽しかったぁ」で満足する。子供たちの笑顔が見たい、と決まり文句を発する人が非常に多い。「こういうときに笑うのが良い子だよ」と、お仕着せの価値観を広めることで、子供の才能を摘《つ》んでいるような状況である。

子供の教育に関わる人間には、「勉強は楽しくない」という事実を忘れないでもらいたい。おそらく、この絶対的なジレンマを自らが忘れようとして、「楽しさ」を演出しようとするのだろう。それは、本来の勉強というものを誤魔化すことで、自分たちを慰めているのかもしれない。教える側の自己満足としかいいようがない。

補足するが、自己満足が悪いというわけでもない。教育者だって、それぐらいの楽しみを持ってもよろしい。ただ、「子供のため」ではない、自分たちのためだという自覚さえあれば、大きな問題はないだろう。

勉強が楽しいのは天才か馬鹿

万が一、勉強が楽しくてしかたがない、という子供がいたとしたら、二通りの可能性が考えられる。

一つは、その子供が天才である場合。天才であれば、勉強の目的も意味も充分に理解でき、自分にとって得られるものがあると判断して楽しめるだろう。

もう一つは、その逆、馬鹿である場合だ。「楽しかったぁ」というお決まりの文句を口にする体験を繰り返すあまり、本当にそれが楽しいことだと思い込まされ、つまり洗脳されている。思考停止というよりは、感情が麻痺している。幼稚園児から思考力の成長が止まっている。だから、馬鹿になる。

とにかく、生徒も先生も、勉強は楽しくない、苦しいものだ、と認めることが大前提であり、非常に大事だと思われる。それが勉強のスタートなのではないか、と僕は考えるほどだ。

そもそも、「勉強をやらせるには楽しませるのが一番」という発想がかなり貧しい。人生には、辛いけれどやらなければならないことがあるし、また、楽しくてもやってはいけないことも数多い。それに、楽しいも辛いも、個人の感覚によるものであり、個人が感じる評価なのである。それを「ほら、楽しいでしょう？」と与えようとすることも、安直すぎる。

「好奇心」という知的欲求

勉強がどうして楽しくないのか、という理由をもう少し考えてみよう。

小さい子は、好奇心旺盛で、なんでも知りたがる、自分でやりたがる。だから、子供はもともとは「勉強がしたくてしかたがない」状態といえる。小学校へ上がるくらい（つまり幼稚園児）の多くは、小学校で勉強がしたい、と本気で思っているはずだ。

ところが、小学校に上がり、学年が進むほど、勉強が嫌になってくる。高学年になると、週末が待ち遠しくなる。さらに、中学や高校へ進学すると、もっと勉強が辛いものになる。大雨警報が発令されて休校になると、大喜びする生徒が大多数になるはずである。「楽しい勉強」はどこへ行ってしまったのだろう？

これは、好奇心というものが弱ったためだろうか？

では、好奇心を、わかりやすく、食欲として想像してみよう。好奇心は、知識をインプットしたいという欲求であり、「知らない」という状況を苦痛に感じるため、その状況を回避するような行動を取る。これは、ものを食べたり飲んだりして、空腹という苦痛を回避するのと似ている。

勉強は、ちょうど食事のように、外部のものを躰《からだ》の中へ取り込む作業なのである。小さい子供たちが、大人に「どうして？」「教えて」と要求するのは、動物的な本能といっても良い。特に、人類は他の動物に比べて知識欲が旺盛である。この性質が、人類をここまで発展させたのだ。

満腹を苦痛に感じる人がいる

しかし、年齢を重ねるうちに、食べるものに好き嫌いが生じてくるだろう。自分の好きなものが食べたい、嫌いなものを食べることは苦手であり、苦痛にさえ感じる。

学校で毎日繰り返される授業は、それほど美味しいものではない、とわかるようになるのだ。こうなると、食欲が湧かないのと同じ状況となり、勉強することが億劫《おっくう》になる。

そもそも、食欲といっても、無制限に食べられるわけではない。満腹を感じると、食欲はなくなる。もう食べたくない。酷《ひど》いときには、気持ちが悪くなってくるだろう。

食欲の場合も、人によってだいぶ異なっている。満腹になって気持ちが良いと感じる人もいれば、少しお腹が膨れるだけで不快に感じる人もいる。この個人差を、常に考えるべきだろう。ちなみに、僕は少食である。子供の頃は、いつもお腹が痛かった。大人になり、自分の自由に生きられるようになったあと、一日に一食まで食事を減らして、ようやく体調を維持できるようになった。

食べるものを躰にインプットする行為は、動物が生きていくためのエネルギィ源を得ることが目的である。そして、たとえば運動をすれば、そのエネルギィは消費される。こちらは、エネルギィのアウトプットであり、躰に入ったものと出ていくものの収支が合う。同様に、知識をインプットするのは、それをアウトプットするためだ。アウトプットして初めて、その知識が活きる。活かしたいから勉強をするのである。中学生や高校生くらいになれば、それくらいの道理には気づくだろう。だが、学校ではインプットをするばかり。毎日つぎつぎと授業が繰り返され、頭にデータを積み込む作業を強いられる。これは、「とにかく食べなさい」「どんどん食べなさい」に近い状況だ。

「いずれアウトプットするときが来ますよ」「成長には栄養を取ることが大事だから」と教えられても、お腹はいっぱいになり、しかも運動不足だから、状態としてバランスが取れていない。

この無理な詰め込みが、勉強を苦痛に感じる理由である。生理的にやりたくない、と感じてしまう。それが正常な精神というものだ。

だから、「勉強が嫌いだ」「もうやりたくない」と考えても、けっして異常ではない。まず、そのことを子供たちに教えるべきである。「もう少しだから、今はできるだけ我慢をしなさい」くらいは言っても良いだろう。

アウトプットする機会が子供にはない

アウトプットする機会があれば、運動不足は解消されるのだが、この年齢の子供たちには、テストくらいしか、知識を発揮する機会が与えられていない。ここが、肉体的な運動と頭脳の運動の違いである。運動場で遊ぶように、勉強の成果を発散するような機会はない、ということだ。

勉強したことをテストでアウトプットする場合、通常は正解か不正解かという判定を伴う。点数がつき、その結果が他者と比較されるだろう。こういったアウトプットしかないから、アウトプットが嫌になる子供が増える。大勢いれば、比較結果でトップグループに入る人数は限られているから、大多数の子供はテストが嫌いになるだろう。

アウトプットを嫌がっていると、必然的にインプットも嫌になる。運動しないで食べてばかりいると肥満になるのと同じで、だんだん頭が重くなってくるし、イメージ的に、

「もう頭には入らない」といった満腹感を抱くようになるだろう。

学校教育において、勉強が苦痛なものになるのは、これが原因だと思われる。スポーツのようにアウトプットすることが楽しい、汗を流すことが清々《すがすが》しい、という感覚を子供に気づかせるような機会が、今の教育環境には存在しない、ということが問題なのである。

中学受験をした思い出

ここで、僕が子供の頃の話をしよう。勉強が大嫌いで、ほとんど勉強をしない子供だった。国語の時間に先生に当てられても、教科書がすらすらと読めない。人の名前を覚えられないし、花や虫の名前も覚えられない。勉強をしても覚えられないことは、自分でもよくわかっていたから、無駄なことに時間を使うのはやめよう、と四年生くらいのときに、既に決意していた。

周囲のみんなは、そうでもないようだった。文章がすらすらと読めるし、単語を覚えることも苦にならないようなのだ。しかし、だからといって、それが「頭の良い」ことだとは思えなかった。それは、話をすればわかる。理屈を説明することができないし、物語のような話の流れも、きちんと話すことができない。ただ、書いてある文章が読めて、単語を沢山知っている、というだけでテストでは良い点が取れる。そういう人たちが「成績が良い」ことになるけれど、本来の「頭の良さ」とはずいぶん違っている。まったく違っているのではないが、かなりずれているな、と子供心に感じていた。

僕は中学で受験をした。ただ、小学生のときに試験勉強など一切していない。なにもしていないけれど、私学を受験することになった。今から五十年も昔の話である。

当然、両親は心配したし、父はコネで入学させようと考えたらしい。父はその学校の卒業生だった。父が中学生のときの担任が、その当時には校長になっていたので、「息子をよろしくお願いします」と電話をかけたようだ。そういうことは、昔は当然のように横行していた。特に、コネで入る場合には、設定された寄付金を納めなければならなかった。幸い、算数や理科ができたので、僕はこの寄付金を納めずに入学ができた。

進学校の成績システム

この私学T学園では、学期中に二回の試験があった。中間試験と期末試験だ。そして、その試験の点数がそのまま成績簿に記されて、そのつど成績簿をもらう。その点数以外にはなにも書かれていない。試験の点数がすなわち成績という、非常にわかりやすいシステムだった。ようするに、授業中の態度とか、宿題の提出とか、そういった「平常点」というものはない。ただ一回のテストの結果以外には、まったく成績に反映されなかった。数学には、代数、幾何があって、それぞれ一と二があったから、数学だけで四教科になる。理科は、物理、化学、生物、地学の四教科。これに対して、国語は、現国、古文か漢文の二教科だけ。英語も英文法と英作文の二教科だけ。社会になると、学期中には、地理か歴史の一教科だけ。このような科目で試験をするから、数学と理科の比率が当然高くなる。試験の合計点で成績が決まり、その順番によって教室で座る席が決まっていた。廊下側の一番前に座るのが、クラスで一番の生徒である。

この学校は中高一貫だが、高校生になると、成績順でクラスも分かれる。上位の二百人がA群になり、下位の三百人がB群になった。A群は四クラスあったが、三クラスが理系志望、一クラスだけが文系志望だった。学内では、どうしても数学で点が取れずに順位を落とす生徒がいて、文系志望に転向する、これを「文転」と呼んで、蔑《さげす》んでいる空気があった。落ちこぼれたみたいなイメージだったのだ。

T学園は、男子校である。だから、理系重視だったのかは、よくわからない。とにかく、A群の四分の三は理系の大学を志望していたし、医学部を目指す人が圧倒的に多かったようだった。

入学したときは、単に「父と同じ学校」くらいにしか考えていなかったが、今にして振り返れば、立派な進学校だったわけである。

中学校での試験勉強

僕は中学に上がって、まず試験の点数が成績に直結するこのシステムに驚いた。クラスメイトが成績順に並べられることにも、カルチャショックを受けた。小学校までろくに勉強をしたことがなかったから、試験の前日に、何をどう勉強すれば良いのか、と非常に不安になった。今から書店に問題集や参考書を買いにいったりするわけにもいかない。覚えることは大の苦手だったけれど、とりあえず、なにか少しでも覚えてみようか、でも、明日の試験まで忘れずにいられるだろうか、などと、ほとんど絶望的な気持ちになった。実際、母親に「明日から試験らしいけれど、何を勉強して良いのかわからない」と話したことを今でも覚えている。

小学校のときは家で勉強をしたことがなかったのに、秀才が集まる私立中学へ入学したのだから、周りのクラスメイトは誰も、自分より頭が良く見えた。こんな中で、試験をして、成績が悪かったら嫌だな、という不安もあったのだ。

事実、小学校のテストとは比較にならないほど、試験問題はどれも非常に難しかった。特に文系の科目は散々だった。それなのに、結果は思いのほか良かった。中学になって最初の中間テストで、僕はクラスで五十五人中の六位だった。どうしてそうなったのかというと、数学や理科の科目が多かったからだ。英語などは始まったばかりだったので、それなりにできた、ということもある。

その後は、自分なりに、暗記科目はすべて一夜漬けで乗り切る方法を見出した。授業は聴いていても、ほとんど頭には入らないから、前日に教科書の写真を頭の中に撮るつもりで覚えた。これは比喩ではなく、テストの最中には、頭の中で教科書のページをめくって、該当する文字を探す、という体験だった。記憶も映像だからである。

大学受験は五教科が必須

中学入試の次は、大学入試である。僕が受験する当時には、共通一次やセンタ試験などというものはない。各大学が独自に試験問題を作り、一発勝負で入学希望者の能力を測定していた。ただ、国立大学は五教科が必須科目、私立大学は三教科が必須だった。

僕の場合、暗記が苦手なので社会科は絶望だった。どうにか答えられるのは、歴史の年号くらいだ。国語では漢字が書けない、読めない。文章題は問題の長文を読むのに時間がかかりすぎる。これも絶望である。英語は、国語よりは読みやすいが、スペルが覚えられない。英訳はできても、英作文ができない。

このような状態では、五教科必須の国立大学では不利だろう。ただ、在籍したT学園では、理系志望がほとんどだったし、当時はA群だったら、国立を目指すのが慣わしだった。その頃、国立大学の授業料は数千円という安さで、私立大学の百分の一程度だったので、経済的にも親孝行となる。

高校生になった僕は、だいたい学年で五百人中三十番くらいだった。順位は職員室の前に試験後に毎回張り出されるので、誰が何番なのかも一目瞭然だった。このような環境にいると、友達どうしで変な勘ぐりもなく、極めて自然な人間関係になる、ということも学んだ。たとえば、順位が公表されるスポーツ選手と同じだ。威張ることもないし、また人を馬鹿にすることもない。人にはいろいろな長所があり、単にその一つが学力で、たまたまそのときの試験の結果だ、というだけなのである。

このT学園では、現役で二十番くらいが東大の合格圏、京大なら五十番くらいだった。

当時は、浪人するのが普通で、大学入学者は、現役よりも浪人生の方が多いほどだった。大学入学試験の競争率は、有名大学なら軒並み十倍以上、という時代である。

志望校の相談を先生としたときには、僕は暗記科目ができないので、浪人して勉強をするようにと勧められた。そうすれば東大でも京大でも大丈夫だ、と言われた。しかし、自分では言葉を覚えることに苦痛を感じていたし、一年間も勉強に明け暮れる生活なんか耐えられないだろうと想像できた。両親（特に父）は、入れるところへ行けば良い、という方針だったので、地元の国立大学を志望することにした。

大学に運良く合格

地元の名古屋大学は、入試必須科目で理数系を重視する配点で有名だった。たとえば、工学部の場合、数学が二百点、物理化学で二百点、国語が二百点、英語が二百点、社会は百点の合計九百点満点だった。しかも、数学は、問題が五問しか出題されず、一問が四十点。工学部では、四百五十点が合格ラインといわれていた。そこで僕は、数学と物理化学で満点を取り、残りの三科目で五十点を取ろう、と計画した。これだったら、受験勉強をろくにしなくても大丈夫だろう、と考えたのだ。

特に、名古屋大学の数学の入試問題は、非常に難解だと評判だった。文化系の学部を志望する場合は、五問中の一問に集中しなさい、一問でも解ければ合格だ、といわれていた。二百点満点だが、平均点は三十点もないくらいで、一問を正解するのも難しい試験だったのである。数学の試験時間は三時間ほどだったけれど、僕も五問をすべて解くのにぎりぎりだったことを覚えている。あとで答合わせをして、全問正解できたことが確かめられたので、滑り止めに受けた私学（早稲田《わせだ》大学を受験した）には、入学金を納めなくても良い、と親に話した。

東大や京大は、同じ五教科必須でも、それぞれを八十点くらい取らないと合格できない。それに比べて、名古屋大学は理数系に偏った人間に向いている試験配点だったわけだ。

幸い、企《たくら》みどおりに合格することができた。結局、受験勉強らしいことをほとんどしないで大学生になることができた。ラッキィだったと思う。高校のクラスメイトの動向を見ると、僕よりも成績（つまり順位）が悪かった人でも、浪人をしてみんな東大や京大に合格した。B群からでも京大、一橋、東工大、早稲田、慶應《けいおう》に入る人も珍しくなかった。

ちなみに、このとき僕は名古屋大の滑り止めとして、早稲田と名古屋工業大学に願書を出し、早稲田は一日上京して試験を受けた。しかし、早稲田では数学の問題が簡単すぎて、

「これでは誰もが満点を取ってしまうから、差がつけられない」と残念に思った。ただ、私学は三教科必須なので国語と社会がないため、合格できた。また、名工大は、名大の発表のあとに試験日が設定されていたので、結局受験しなかった。

同じ年に、T学園からは、慶應大学の医学部に百人以上が合格していた。名古屋大学へも五十人以上が合格し、そのうち文系学科へ入ったのは僅かに一人だけだった。早稲田大学は、B群の人が第一志望にする大学だった。早稲田や慶應の文系学科の推薦は、A群の人はもらえないのが恒例だった（試験で受かるから不要、という理由）。

大学四年生になって一変した勉強

嫌な勉強を避けたまま大学生になった僕だったけれど、大学では真面目に勉強しよう、と考えていた。大学には、もっと専門的で最先端の学問がある、と想像していたからだ。

だが、残念ながら、期待は裏切られた。大学一年と二年の教養部の講義が、あまりにもつまらなかったからだ。高校までの授業とほとんど同じだった。ただ、分野が狭くなっているだけの違い。自分の好きな講義を選択して受けられる、という点だけが目新しかったものの、TVのチャンネル程度の選択肢しかなく、どれも同じくらいつまらなかった。

このため、三年生になる頃には、ほとんど講義室へ行かなくなっていた。何をしていたのかというと、模型を作ったり、漫画の同人誌を仲間と一緒に発行したり、そんな活動に熱中していた。特に、模型はこの当時、ラジコン飛行機やラジコンヘリコプタにのめり込んだ。家庭教師のバイトのおかげで自由に使える金額が増えて、好きなことができるようになった。子供の頃からの夢が実現したのだ。

そんな僕の「勉強観」が一変したのは、四年生になって卒業研究を始めたときだった。

このとき、僕は初めて「研究」という行為の意味を知ることになる。研究は、英語で「study」であり、勉強と同じだ。もちろん「research」という単語もよく使われるけれど、この言葉は、「探究」に近いし、また、半分くらいは「調査」に分類されるだろう。「研究」という言葉は、小学生でも知っている。小学校でも「研究発表会」なるイベントがあって、夏休みの課題として、「自由研究」と呼ばれるものまである。どうして「自由」がついているのかというと、「テーマを自分で考えなさい」というだけの意味だ。自由にやっても良いけれど、やらないという選択肢はないし、期限も定められているから、非常に不自由であることはまちがいない。

僕も、研究というのは、ただ深く調べること、詳しい情報を得ることだ、と認識していた。だから、卒業研究のテーマが決まったら、それについて図書館で調べものをするのだろう、と想像していた。なにしろ、大学に入って以来、数々のレポートを提出して単位を取得してきたわけだが、どれも資料で調べれば良いだけだった。つまり、既にある情報をどこかで見つけてきなさい、という課題だったのである。

「研究」という行為の意味を知る

ところが、四年生になって取り組んだ卒研は、そうではなかった。研究をして論文を書くことが課題だが、まずは、関連した研究論文を読まされる。世界中の研究者が発表したものだ。そして、それらを踏まえて、何がわかっていないか、どこに疑問点があるのか、を考える。ようするに、まだ解決されていないもの、残っている「謎」を見つけるのだ。

ここまでだったら、単なる調査である。研究ではない。研究とは、その謎を解決することである。つまり、世界でまだ誰も解決していない問題を解くことなのだ。したがって、文献を調べても、正解はどこにもない。

当然ながら、指導をしてくれる教授も、また大学院生の先輩たちも、正解を知らない。わかっていないから研究するのである。もちろん、謎を解くことで、社会に役立つ情報が得られれば、それにこしたことはないけれど、やってみて、どうなるかはわからない。結果的に、役に立たないような解が得られることの方が多い。ただ、駄目だったということが判明すれば、それはそれで価値がある。同じことを調べなくても良い、ということがわかれば、後続の研究者には有用な道標《みちしるべ》となるからだ。

この「世界で自分が最初に発見する」という状況が、僕にはとても目新しいものに感じられた。久しぶりに好奇心が湧き上がった。それまで、自分の前に現れた問題には、解答があった。解いてみて、正解かどうかで評価されるだけだった。つまり、自分よりもさきに解決した人がいる、というのが当然だと思っていたのだ。

勉強することが仕事になった

世の中に、まだそんなに謎が沢山残っているのか。もうほとんどの問題が、解決済みなのではないか、とぼんやりと思っていたのだが、それは大きな間違いだった。どんな専門分野でも、少し勉強するだけで、最先端に到達するだろう。すると、ここまではわかっているが、この先は不明だ、という境界に囲まれていることに気づく。そこが、研究の前線である。それらの謎を解き明かすことで、研究は少しずつ前進する。

その問題を解くためには、それに類似した問題について勉強することになる。似ているもの、関連していそうなものを徹底的に調べ、自分の問題解決に役立つものはないか、と探し回る。それがない場合には、実験をしてみる。コンピュータを使ってシミュレーションをしてみる。そうして、もしかしてこうではないかという仮説を立て、少しずつ真理へ近づいていく、それが研究だ。

このあと、僕は大学院へ進学した。このときの入試のために、初めて必死になって勉強をした。大学院生になって研究がしたかったから、勉強することがまったく苦にならなかった。そして、二年間大学院で勉強したあと、近隣の大学に助手（現在は助教と呼ばれる）として就職し、研究者となった。研究をすることが仕事になったのだ。

それからは、出勤して勉強する毎日となった。子供の頃には大嫌いだった勉強が仕事になった。ただし、大きな違いがある。子供のときの勉強は、誰かから与えられたノルマだったが、研究者になってからの勉強は、誰もなにも与えてくれない。何が問題なのかもわからない。まず、問題を特定することから始めなければならない。

勉強に取り憑かれた

既に存在する問題を解くことよりも、新たな問題を見つける、問題を作ることの方が重要なのである。研究者が考えるのは、そこだ。問題を見つけるために、あらゆるものを調べ、日々考え続ける。問題さえ明確になれば、あとはそれを解くという作業が残っているだけだ。

こうして、非常に驚いたことに、この研究という「勉強」が、もの凄く楽しいものだと感じた。それまで、僕は沢山の趣味に熱中してきたけれど、それらすべてを放り出してしまえるくらい、勉強が楽しくなった。

毎日十六時間大学で勉強をした。一年三百六十五日、休みなく勉強をした。助手になった最初の五年ほどは、取り憑かれたように研究に没頭していた。今思うと、よく死ななかったな、というのが正直な感想である。

しかも、僕は就職と同時に結婚をした。新婚早々、休みもなく、したがって家族サービスも皆無、毎日寝るだけのために帰宅する人になったのだ。講座の教授は、この状況を気遣ってか、弁当を持ってこず、昼は食事のために家に帰りなさい、と僕に勧めた。家が大学の近くだったからだ。

就職して、僕は十五キロくらい痩せたし、酷いときは三日も食事をするのを忘れたこともあった。食事をしたり、トイレに行ったりするのも面倒なほど、勉強が楽しかったのだ。これは、もう「異常」に近い状況かもしれない。

知りたいことがさきにある

嫌いだった勉強が好きになったことで、嫌いだった理由は何か、また、好きになる条件とは何かが理解できた。

既に書いたように、勉強が楽しく感じられる条件とは、つまり「知りたい」がさきにあって、そのために勉強をする、この順番の問題なのである。

作りたいものがさきにあって、そのために釘打ちの練習をするのならば、楽しく感じられる。ただそれだけのことだった。

だが、小学校や中学校の勉強は、どうしても「知りたい」がさきにはなりえない。何故ならば、知りたいものを知るためにも、最低限の学力が必要だからだ。小学生や中学生は、世の中で何がわかっていて、何がわかっていないのかもまだ知らないし、また、もし知りたいことがあっても、それを解決するための最低限の学力もまだ備わっていない。

たとえば、世界中の論文を読むためには、最低限英語の文法くらいは知っていないといけない。単語は辞書を引けば良いので、言葉を沢山覚えている必要はないけれど、もし覚えていれば、より短時間で自分が欲しい情報へアクセスできるだろう。

学んでおいて良かったと思う

僕は、小学四年生のときに、ラジオの回路図を見て、ラジオを自作したことがある。回路図を読むことはできたのだ。けれど、回路を設計するためには、たとえば、平方根（ルート）を解く必要があった。小学校の算数では、これは教えてもらえない。だから、僕は学校の先生に、それを教えてくれと頼んだ。担任の先生は知らなかったが、ほかのクラスの男の先生が、ルートの計算方法を知っていて、教えてもらった記憶がある。

もちろん、当時はインターネットもないし、検索もできないから、図書館にある本か、身近な大人に尋ねて回る以外に、子供が情報を得ることはできなかったのだ。

小学生のときには、電子工学に興味を持って、図書館にあるほとんどの本を読んだ。それが読めたのは、大嫌いな国語の授業を受けたおかげだった。また、そこで出てくる数式の理解には算数の勉強が役に立った。こういうときに、「学んでおいて良かった」とつくづく思ったものである。

このように、自分が目指しているものがさきにあれば、勉強は楽しいものになるし、たとえその時点では面白くなくても、のちのち役に立って、誰かに感謝したくなる体験も頻繁に訪れる。

しかし、だからといって、「いずれ役に立つときがきっと来るから、騙されたと思って、今は勉強に励んで下さい」と子供を説得するのは、少し虫が良すぎる気がする。であれば、小さなゴールを幾つか用意して、ときどき、ちょっとした充実感を味わうような機会を作るしかない。ただし、この「用意」は、各自が自分でするのがベストだ。誰かがお膳立てをするのではなく。

大人も勉強を始めよう

いずれにしても、大人は子供に対して正直に語る必要があるし、大人自身が、もう少し勉強というものを正しく理解した方が良い。しかし、ほとんどの大人は、大学までのどこかで勉強から落ちこぼれた人たちなので、子供にきちんと勉強の説明ができない。そういうときは、まず自分が勉強をすること、再び学び始めること、子供を説得するには、それくらいの努力（勉強）は必要だろう。

自分が嫌いだったものを、子供には好きになってほしい、というのも、虫が良すぎる。自分ができなかったことを子供には実現してもらいたい、と考えるような親の言うことを聞く子供はいない。たとえいたとしても、大した大人にならない子供である。

親がなにかの夢を叶えるために一所懸命勉強している姿を見せることが、子供に対しての一番の教育になる。これだけは、ほとんどの人に当てはまる法則といって良いだろう。

大事なことは、小学校や中学校の勉強が、道具の使い方（たとえば釘打ち）を練習している段階だ、したがって、楽しいものではない、という認識を持つこと。子供にも、この本音を教えることである。

大人の仕事だって、仕事自体を楽しむことは難しい。賃金が得られるから我慢ができる。これに対して、勉強というのは、仕事よりも見返りの大きい行為であることはまちがいない。やって損をすることはほぼない。リスクが少なく、リターンは大きい。子供の話ではない。大人だって、何歳になっても、いつからでも、勉強は始められるのだ。

無知は恥ずかしいことではない

未来の目標が見えていれば、なんでも楽しくなる、ということを書いたけれど、だからといって、早く未来の目標を決めなさい、と子供を急《せ》き立てるのは間違っている、と僕は考える。何故なら、子供はまだ広い視野を持っていない。そんな状態で、未来の可能性を限定することは、あまり得策とは思えない。

勉強することで、視野は少しずつ広がっていく。得意なものと不得意なものがわかるだけでも、非常に大事な情報を得たことに等しい。自分を知ることは、生きていくうえで最大の武器となる知性の一つであり、教養の基本でもある。

自分が何を知らないのかを知ることが、すなわち勉強である、といっても過言ではない。そして、知らないことは、けっして恥ずかしいことではない、という認識も重要である。クイズ番組では、知っていれば勝者になり、知らなかった敗者が笑い者になるようだが、知らないことは、そんなに悪い状況ではない。単に、まだ頭に入れていなかっただけだし、これから入れることができる頭を持っている、と解釈できる。

荷物でいっぱいの倉庫よりも、余裕がある倉庫の方が役に立つわけで、価値が高い。ものを知らない頭というのは、これから知ることで成長できる頭なのだ。

それに、知らないことは調べればわかるし、人にきけばわかる。即答できなくても、少し時間があれば知ることができるわけで、このハンディは大したものではない。無知を悲観する必要はまったくない。自分が知らないことを自覚するだけで、ほとんど知ったも同然だ、と思えば、それで良い。

同様に、将来の目標を決められない状況にも、成長の可能性がある。

無知を責めることは劣等

それなのに、多くの人たちが、知らないことを恥ずかしく感じている。だから、知らない場合に、知っているような振り（知ったか振り）をする。また、自分だけが知らないのではないか、という情報不足に日々怯えているようにも見受けられる。小学生や中学生のときの教育が、知ることが偉いことであり、知らないと競争に負けるという価値観を植えつけているからだ。

現に、人の意見に反対するような場合、「あなたはこれを知らないのか？」といったもの言いをする人が多い。知らないことを馬鹿にしたような口調になる。「ええ、知りませんよ。それがどうかしたのですか？」などと言ったら、カッとなりそうだ。

人は誰でも、すべてを知っているわけではない。自分が知っている範囲で考え、意見を持っている。相手の知識不足が判明しても、それを攻撃するのではなく、丁寧に説明し、「知ったうえでも意見は同じですか？」と尋ねれば済む話である。自分は知っている、相手は知らない、だから自分の勝ちだ、という価値観は知性のない証拠であり、その点に関して明らかに劣っている。

一番になるな、という教え

どういうわけか、僕は他者に影響されない人間に育った。これは、主に父親の影響だと思われる。常に言われたことは、「他人のことなんか気にするな」というものだったし、「勝っても、負けても、大差はない」と繰り返し教えられた。

父は、とても変わった人だったらしい（今頃になってようやくそれがわかった。ずっとそれが普通だと信じていたからだ）。たとえば、勉強に関しては、「一番になるな」と言われていた。一度、クラスで二番になったときがあって、それを話したら、そう言われたのだ。

この意味が、当時の僕にはよくわからなかった。一番になったら、あとは落ちるばかりだ、という意味かな、と想像したが、今は、「一番になったところで、お前の価値が上がるわけではない」くらいの意味だったのだろう、と考えている。

世の中を見渡してみても、「一番になるな」といった価値観は、ほとんど観察できない。誰もが、一番を目指している。一番にならなければ意味がない、どうせ目指すならば一番を、とおっしゃる方は数多い。

僕のこの考え方は、だから、多くの人には理解できないだろう。べつに理解してもらいたいわけでもないので、詳しくは語らないことにしよう。

両親の教育方針

幼稚園の年少組のときから、算数の計算を父は教えてくれた。ほかの勉強はしなくて良いが、算数だけは大事だから、ちゃんと授業を聞いていなさい、ということだった。

一方で、母は教育熱心な人で、僕のために参考書や問題集をよく買ってくれた。だが、実際に疑問点があるときに、それを教えてくれるのは父だった。その意味で、父の方が知識（あるいは学力）があったのだとは思う。

母は、田舎の出身だったが、その村で一人だけ女学校へ進学したという。父は、いつも「お母さんは頭が良い」と褒めていた。事実、母は勉強熱心な人で、毎日大きな辞書を持ち歩き、台所や居間でその辞書の小さな字を読んでは、ノートにメモを取っていた。辞書以外にも、本を常に手放さない人だった。

一方の父は、本を読んでいるところなど見たことがない。しかし、僕が国語の勉強の関係で、有名な作家の名を挙げると、その作者の作品なら、これとこれを読んだことがある、と話してくれたし、だいたいのあらすじも語ることができた。彼は、大学の工学部を出た理系の人だったけれど、若いときには文学が好きで、詩を書いたりしたそうだ。これは、母から聞いただけで、本人の話ではない。戦争になったので、少しでも徴兵《ちょうへい》を遅らせるために、急遽理系の大学に進学したとの事情だけは聞いたことがある。

母は、「人に負けるな」という教育方針だったが、父は、「他人は関係ない」と言う。客観的に見て、僕は父の方が正しいと判断したので、そういう人間になった。

両親は、お互いの主張が一致しないことを、べつになんとも感じていないようだった。各自の意見が一致しないのは当たり前だ、と子供に教えたかったのかもしれない。意見や方針が異なっても、お互いに尊敬し合うことも、僕は自然に学んだといえる。

自分の子供には教育不熱心

幸運にも、僕は研究者として就職ができたので、ほとんど人と関わらない職場で、自分一人で日々黙々と考えることが仕事になった。

もちろん、どんな職場でも競争はあるけれど、研究者は自分の研究に打ち込むことしか前進する方向がないため、人と争っている感覚がほとんどない。誰かを蹴《け》落《お》とさないと前進できないという状況も生じにくい。

結婚して、二年後に子供が生まれた。子供の世話をするような時間は僕にはなく、すべてを奥様（若いときに苦労をかけたので、あえて敬称）に任せきりだった。長男と長女が生まれたけれど、僕は子供たちには関係のない生活を続けていた。

長男が幼稚園に入ったときには、何度か車で送っていったことはあったが、学芸会や運動会などに出席したことは一度もない。これは、二人の子供たちいずれも同じで、保護者が参加するようなイベントには、ただの一度も（彼らが社会人になるまで）僕は行ったことがない。

また、僕は彼らの成績表を見たこともない。奥様が話をするので、それを聞き流していた程度。子供の教育は、ほぼ百パーセント彼女に任せていた。子供と一緒にどこかへ遊びにいくこともなかった。子供たちを遊園地へ連れていったこともない。そんな状況でよく何事もなく育ったものだ。

子供たちの受験にも無関心

今思い出したが、奥様に任せきりだったといっても、大事なことは僕に決定権があるようなシステムが何故か作られていて（おそらく奥様が、その方が都合が良いと考えたからだろう）、ときどき子供が緊張した面持ちで、僕にお願いをしにくることがあった。

小学校五年生のときに、「塾に行かせて下さい」と長男から申し出があったので、理由を尋ねると、僕と同じ私立Ｔ学園に入りたい、とのことだった。僕の時代よりも数倍、合格するのが難しくなっているらしく、塾で受験勉強をしないと合格できない、と誰かから聞いたらしい。それで、僕は塾に行くことを許可した。これは、長女も同様で、やはり五年生から塾に通うことを許可した。その結果かどうかはわからないが、二人とも私立中学に入学することができた。

この長男の入試のとき、親子で面接をするのがＴ学園の伝統だった。僕も父と二人で、かつて父の担任だった校長と面接をした。僕も長男と一緒に面接に臨んだ。かつて僕に国語を教えてくれた先生が教頭になり、面接官だったので、久しぶりに会うことができた。僕が、子供の学校へ足を運んだのは、この一回だけである。ちなみに、長女の学校へは一度も足を踏み入れていない。

長男と長女は、その後、普通に成長し、大学に入学した。長男の方は一浪して予備校へ通っていたが、京大の工学部に合格し、長女は武蔵野美大に現役で合格した。僕の時代よりも受験は熾烈になっていたし、明らかに僕よりもレベルが高い大学に、二人とも合格したことを立派だと思っている。

一所懸命に生きることを教えたつもり

長男と長女は年子だったので、同時に大学生になった。彼らの大学へ行ったことは、僕は一度もない。合格発表も見にいかなかった。すべて奥様の担当だったのである。子供たちがどこに下宿をしていたのかも、僕は知らない。

そして、二人とも無事に大学を卒業して社会人となった。今はもう三十代である。それぞれ、自分の仕事を持ち、もちろん完全に自立している。

現代では、親が高校生や大学生の入学式や卒業式に出向くらしい。そういう話を聞くと、

「へえ、そうなんだ」と思うだけである。

僕は、子供たちのことを尊敬している。立派な社会人となったし、立派に生きているからだ。僕は、彼らになにも教えなかった。教育というものをしたとは思えない。ただ、僕は自分の人生を一所懸命に生きて、それを彼らが見てくれれば良い、と願っただけである。その役目も既に終わり、彼らが成人した時点で子離れしたといえる（もともとつながっていないから、離れたとはいえないか）。

ただ、そんな子供たちを、たまに観察するかぎりでは、やはり勉強が楽しいという感覚はなかったようだ。長男はゲームやプラモデルが好きで、そういった関係の仕事をしているようだし、長女は絵が好きだったから、今はその関係で仕事をしている。結局、子供のときに思い描いた人生を歩き始めているのではないだろうか。

相談を受けることはたまにあった。特に覚えているのが、長男が一回めの受験に失敗したとき、滑り止めで受かっていた早稲田大学へ行くべきか、と僕にききにきたときだ。僕は、「試しに、もう一回やってみても良いのでは？　でも、勉強が嫌なら、入学して良いよ」と話した。長男は、予備校へ行くことを決心したので、僕ほど勉強が嫌いというわけでもなかったのだろう。

「教育しない」という教育

勉強とは関係がないが、僕が子供たちにした唯一の教育は、ＴＶを見せなかったことくらいだろう。小学生のときはＴＶは一切禁止だった。僕も見ないから、これは森家では普通のことだった。でも、友達がＴＶの話ばかりして困る、ということは聞いた。奥様は、僕に隠れて、昼間にＴＶを見ていたようだ。

知らず知らずのうちに、僕は、自分の父親と同じような教育を子供たちにしていたようでもある。その点は興味深いし、もしかしたら、一般的な傾向なのかもしれない。

どちらにしても、「教育しない」というのも教育方針の一つである。日本古来の芸事や職人などは、師匠が弟子に教えない。今の先生と生徒の関係のように、手取り足取りの指導ではない教育が一般的だった。良い悪いはわからないが、そういう方法もあった、ということだ。

昔の師匠や先生というのは、そもそも教えを「乞《こ》う」側が、頼み込んで弟子にしてもらったのだ。この出発点が今とは違う。だから、教える側が黙っていたり、言葉にして丁寧に解説しなくても、受け手は必死になって学ぼうとした。こういう関係では、勉強は有意義で楽しいものになる可能性が高い。

今の学校はそうではない。どうしてもお願いします、と頭を下げて入学してくるわけではない。最初から決まっているから、教えてもらうことが普通になったから、なんとなく勉強を始めるようになる。これは、授業料を払う高校や大学になっても、ほとんど状況は変わらない。お金を出しているのは本人ではないし、やはり、学びたいという気持ちから入学するのとはだいぶ違う。単に良い学校へ行けるというステータスへの願望があるようでもある。

教えてくれない人から学ぶ楽しさ

親子というのは、学校よりは少なからず運命的である。子供は、生まれたときから親が先生だと認識するし、親も子供が生徒だと思っている。教わろう、教えようと自然に思っている点では、学校よりもはるかに自然に、勉強や教育が成立する環境だ。だから、僕みたいな、教えないような教育がぎりぎり成立する、ともいえる。学校ではそんな先生は、非難の的になるだろう。

ただ、教える側があまりにも手を差し伸べすぎる嫌いがあるように、僕は感じることが多い。もしかしたら、それが子供たちが勉強嫌いになる理由の一つかもしれない。僕が勉強嫌いだったのは、これだったのかな、とも思う。小さいときから天の邪鬼だったので、相手から積極的にアプローチされると引いてしまうのだ。

むしろ教えてくれない方が、「なにか面白いことを隠しているのではないか」と想像して近づきたくなる。大人から僕が学んだとき、たいていの大人がそんなふうだった。子供に教えている暇なんてない。自分が楽しむだけで手一杯だ、といった大人がときどきいて、僕は近くで黙って、じっと観察していたのだ。

自転車の修理をしているところ、大工が木材を削っているところなど、僕は仕事をしている大人たちを見ることが好きだった。ずっと見ていて飽きなかったし、いろいろな発見があった。勉強とは本来、こういうものではないだろうか？

もし、それが勉強と呼べるものだったとしたら、僕は勉強が好きな子供だったことになる。

第3章 勝つために勉強するのではない

勝負や競争の勝ち負けの体験

競争に勝つために勉強をする、というのは、わりと一般的な考え方といえるだろう。塾生とか受験生は、「必勝」という二文字が書かれた鉢巻きを締めている。勉強部屋には、この二文字を書いた紙が壁に掲げられている。彼らは、勝つことを目指して努力をしているように見える。

これは、スポーツでも同じだ。試合に勝つことが、練習をするときのモチベーションになる。勝つことが、夢であり目的なのだ。

しかし、よく考えてもらいたい。勝つことで何が得られるのだろうか？　まず一番に思い浮かぶのは、周囲のみんなが喜んでくれる、という状況。その中で自分も嬉しくなる。そんなシチュエーションを想像しているから、勝つことに価値がある、という感覚になるものと思われる。

「負けず嫌い」という言葉があって、負けたくない、負けるのは嫌だ、という一心で努力をする人もいる。負けることは屈辱を味わうことだ。その苦痛は耐えられない、というわけである。

多くの人が、子供の頃から大小さまざまな勝負や競争で、勝つか負けるかという経験を重ねている。その中で、勝てば嬉しい、負けると悔しい、という社会的な感覚が育つため、勝ち負けに拘《こだわ》るようになり、とにかく勝ちたい、負けたくない、といった人生観を持つ人が少なくないように観察される。

勝ち続けることは勝つよりも難しい

ジャンケンのように、能力や努力に関係のない勝負もある。賭け事もこれに近いかもしれない。ジャンケンでも、勝つと嬉しいし、負けると悔しい。確率は（引分けを除けば）五分五分、つまり半分が勝ち、半分は負けになる。

また、勝負は一回きりではない。何度も続けて、際限なく繰り返される。そうなると、一度勝っても、次は負けるかもしれない。勝つ確率が五十パーセントだとすると、十回勝ち続ける確率は、〇・一パーセント。つまり、千人に一人だけしか勝ち続けることはできない。二十回ならば、百万人に一人だけになる。

それ以外の人は、どこかで負ける。トーナメント方式ならば、一度負けたら脱落なので、ほとんどの人は敗者になる道理である。

スポーツでも勉強でも同じで、トップに立つのはほんの一部の人であり、またその人たちも、たちまちトップの座を奪われる運命にある。だから、誰もが、最終的には負ける、といっても過言ではない。

いや、負けても良い。努力をすることに価値がある。そういう言葉も、頻繁に聞かれるけれど、実際問題として、敗者は涙を呑んで、諦める以外にない。目指した道は閉ざされる。周囲から認められ、褒め称えられるのは勝者だけだ。同じように、否《いな》それ以上に努力をした者でも、負ければ注目されないし、褒めてもらえない。

これが勝負というもので、非情といえる。子供は褒めて育てよう、という教育方針であっても、誰もがいずれは褒めてもらえない状況に至る。それが万人にほぼ共通したゴールなのだ。

勝利は努力よりも才能

そういう虚しい現実を、子供たちには隠しているわけだ。最初から、「まあ、たいがいは無理なんだけれどね」と教える正直な指導者は滅多にいないだろう。真面目で素直な子供ほど、勝利を信じてしまうが、自分の時間とエネルギィを捧げても、最後は敗者になる。

勉強もスポーツも、努力をすれば、努力をしないときよりは良い結果が得られるから、成長できることはまちがいない。これは事実だ。しかし、個人の成長が、必ずしも競争の結果には結びつかない。結びつくよりも、結びつかない方が確率が高い。

何故か？

ほとんどの人が既に理解していることなのに、教育者や指導者がけっして口にしない正解。すなわち、「人間には個人差がある」というのが答である。遺伝的なもの、生まれながらのものが、最終的には支配的になる。簡単にいうと、努力をしても、才能を超えることはできない。

そういうときに、いや勉強のし方が悪かった、練習方法に問題があった、という方向へ考えるのが一般的な傾向だが、それもおそらく間違いだろう。才能がある人は、ほとんど勉強しなくても東大に合格できるし、ろくな練習をしなくてもプロの選手になれる。

統計的な調査によると、小さい子供のうちほど、練習（あるいは環境）が結果につながる。しかし、年齢が高くなるほど、先天的な才能に逆転される。そういうもののようである。

この事実があるから、「サラブレッド」などという表現が普及しているのだ。

勝つことの意味を見出さない価値観

僕は今ここで、「才能がある者には、いくら努力しても勝てない」ということを書いているのだが、しかし、「才能がある者が偉い」とか、「才能がなければ、人間として駄目なのだ」というふうには思わない。その考えは間違っている。

僕がいいたいのは、競争に勝つことは、偉いことでもなんでもない、という簡単な道理である。勝つことが偉い、金を儲《もう》けることが偉い、良い会社に就職することが偉い、そうなることが人としての成功であり、人生の勝者だ、という価値観が僕にはない。

僕は、そういうふうに人間を捉えていない。競争には参加しない人もいるし、負けても悔しいと思わない人もいる。たとえば、自分がやりたいことを自由にしている人などは、競争に勝って大喜びしている人と同じくらい、幸せなのだ。僕自身が、そういうふうに考えて生きている。とにかく、人がどうあれ、自分は自分だという判断をする。

例を幾つか挙げよう。僕は有名になりたくない。人から褒められても嬉しくない。仲間が大勢いることの価値がわからない。自分一人で、自分が好きなことをしている時間が一番幸せだから、毎日が楽しくてしかたがない。

もちろん、有名になりたい、人から褒めてもらいたい、と考えて努力をしている人がいることは知っているし、そういう人を非難したり、蔑んだりすることはない。それはその人の自由だ。みんなが自分が好きなことをすれば良い、と考えている。

個人の価値観に正偽はない

一方で、他者との比較で自分を確立したい人たちは、おうおうにして、敗者を蔑み、無名の人を馬鹿にする。一人でいる人を、孤独で可哀想だ、と指差す。大勢の仲間に囲まれて、賑やかに騒いでいたい。仲間外れになることを極度に恐れている。そういった心理からか、仲間外れになる人を苛《いじ》めたりすることもあるようだ。

このタイプの人たちは、自分の価値観が「正しい」、それ以外は「間違っている」という観念を持ちやすい。それは、明らかに勘違いである。そもそも、個人の価値観には、正しいも間違っているもない。多数決を取って決める対象ではない。

孤独を愛する人たちは、仲間で騒いでいる人たちを非難したりしない。少数派かもしれないが、自分とはタイプの違う大多数の人たちを軽蔑しているわけでもない。それだけでも、少数派の方が正常であり、より高い精神性を持っているといえるだろう、との見方も生じる。いかがだろうか？

さて、つまり「競争に勝つことに意味がある」と考えるのが一般的ではあるけれど、それがけっして正しいというわけではない。勝つことに意味があるとは考えていない少数の人たちが存在する。僕も、そのうちの一人である。

勉強に勝負を持ち出す不思議

実際、教育者や指導者は、口では「勝つことだけに意味があるのではない」と教える。だが、それは負けたときに限られている。勉強やスポーツの練習の最中には、そうは言わない。

また、頻繁に聞かれる言葉として、「自分に勝つ」あるいは、「自分たちのできることをする」というものもある。大相撲の関取などは「自分の相撲を取るだけです」とインタビューに答える。これらの人たちは、負けたときには「自分たちの○○ができなかった」などと発言し、「自分に負けた」という言葉で誤魔化すようである。

自分の相撲、自分たちの野球、というのは、つまり自分が勝つ方法論のことであり、負けたときには、その勝つ方法論が間違っていたというわけだ。プロのスポーツは、勝つことが仕事であり使命かもしれない。だが、教育の現場で、どうしてそこまで勝ち負けに拘るのか、という点が、僕の目には不思議に映る。

もちろん、僕のように勝ち負けに興味がない人間は、そもそも勝負や競争をしない。そういった他者との比較自体が無意味だと考えているので、無駄なことに時間を費やしたくない、というだけの理由からである。

勉強をするときに、このような勝負を持ち出す価値観というのは、塾とか予備校ではごく普通のことらしい。僕は、塾にも予備校にも行ったことがないので、よく知らないけれど、経験者からそういう話を耳にしている。

子供に自分の夢を託さない

おそらく、勝負を持ち出さないと勉強へのモチベーションが維持できない、という理屈なのだろう。べつに、モチベーションなど、なんだって良い、勉強すれば良いだけだ、というのが僕の意見だ。もし、モチベーションがないとできないというのなら、その場合はしかたがない。勉強から離脱する選択しかないだろう。

このような「勝つ」とか「合格」とかを目指して勉強した人は、勝ったあと、合格したあと、勉強しなくなるだろう。主たる目的が失われるのだから、そうなるのが当然である。

たとえば、大学に入学するのは、大学で勉強することが目的のはずだが、大多数の大学生たちが、もう勉強をしないという実情がある。ほとんど勉強していないから、大学の講義の内容など、まったく頭に入らない。いわば、全員が大学を落第した状況になる。大学で勉強した内容を、きちんと説明できますか？

大学入学後の彼らの次の目標は、就職である。人よりも良い就職先を目指すことが、新たな動機になるだろう。結局、競争でしか自分を奮い立たせることができない人間になっているから、いずれどこかで挫折《ざせつ》することは自明だ。なにしろ、勝ち続けることなど、物理的にありえない。あるところまでは勝てても、いずれは体力も衰えるし、後進に追い抜かれる。人生の最終目的地は「死」であり、その何十年もまえから「老人」になる。どんなに頑張っても、頂点に立ち続けることは叶わない。そういう虚しさを、若いときから覚悟しておいた方が賢明ではないか。

子供にだって、老後のことを教えた方が良い、と僕は考えている。というのも、あまりにも「大きな夢を持て」と無責任に大人は言いすぎるからだ。自分には無理だとなった夢を、子供に託そうとする。自分が勝てなかった勝負に、子供を導く。なんとも情けなく、未練がましい人生といえる。

自分は、自分の満足のために生きる。そのうえで、社会に貢献ができれば幸せだ。子供には子供の人生がある。それは自分とは、ほぼ無関係である。これくらいは潔《いさぎよ》くありたいものだ、と僕は考える。

これからは個人主義の時代

競争を煽る仕組みは、社会の中に沢山潜んでいるように見える。マスコミは、とにかく競争をエンタテインメントとして大々的に伝える。努力をして勝ち得たという個人のドラマが大好きだ。そこでは、「感動」というキーワードで、大勢を引きつけることが可能だからだ。大勢を引きつけることがマスコミの目的であり、人を集めることで商売が成立している。

一方、社会の動向を俯瞰すれば明らかだが、人類は個人主義へ向かおうとしている。かつては、大勢で力を合わせないとできなかった労働は、機械が担うようになった。力を結集する必要はもはやない。みんなが同じことをするメリットは、完全に薄れている。それよりも、個人の才能をそれぞれに伸ばし、誰かが新しい創造や発見をすれば、その利益を大勢が享受できる、という社会になっている。

つまり、個人はそれぞれ別々のことをする方が効率が良い。得意なものを極め、それを実現する過程では、チームを作る必要があるけれど、同じ場所に集まらなくても良い。世界のどこにいても、情報は共有できる時代だ。すなわち、現代における最先端のチームというのは、国や企業を超えた少数によって形成される。

そういった世の中にあって、マスコミやエンタテインメントは、まだ身近な人間関係に縛られたドラマを創出しようとしている。家族愛、友情、絆、触れ合い、助け合い、といったキーワードを大勢に押しつけて、そういった涙や感動こそが「人間性」だと主張している。だが、これは古い。現実から既に乖離《かいり》している。

日本の学校教育は遅れていないか？

小学校でコンピュータのプログラミングを教えようとしても、先生たちにその知識がない。教育学部というのは文系だから、理系の科目が不得意か、あるいはそういった科目をスキップした人たちが先生になっている場合が多い。子供が好きだ、一緒に感動したい、という人ばかりが先生になっているようにも見受けられる。

たとえば、端末を使った授業が何故普及しないのか？　みんなで仲良く楽しく、という幻想を抱いているから、教室の雰囲気を壊すものだ、と考え、抵抗する人たちが、教育関係に多いのではないか、と勘ぐりたくもなる。

ウィルス騒動で全国の小中学校が休校になったとき、中国では端末による在宅授業が行われたそうだ。日本は酷く遅れているな、と僕は思った。ＩＴ分野では、日本はかつて世界一だったのに、なんという体《てい》たらくだろうか。教育とは何か、ということが、感動や友情や仲良しというキーワードで曇ってしまい、本質を見失ったのだろうか。学ぶ目的、勉強というものの本質は何か、と今一度考えてもらいたい。

学歴社会と受験戦争は今も

そんな仲良し教室を演出する方針の一方では、結局は受験に向けて競争を煽る。かつてよりは聞かなくなった「学歴社会」ではあるけれど、この半世紀で、どれほど解消されただろう。かつては、「受験戦争」などと呼ばれ、親が子供に入れ込む「教育ママ」などの言葉も流行した。これらは、すっかり「定着」して、お馴染みの状況となったようにも見える。

僕が子供の頃は、国立大学の入試はどこも十倍程度の競争率だった。つまり、九割は不合格者を出すものだったのだ。子供たちにこのような辛い思いをさせてはいけない、ということから、全国的な共通試験などが始まり、あらかじめ偏差値を自覚させ、自分の能力に見合った志望大学を選ばせるようにした。そうすることで、数字上は競争率が低下したわけだが、まったく本質を外れていることは、誰が見ても明らかだ。

近年、大学が増える一方、子供の数が半分以下になった。したがって、競争率は数字上はどんどん低下している。受験戦争は見かけ上は解消したかに見える。しかし、「学歴社会」の構造はなにも変化していない。相変わらず、高校生は受験勉強に明け暮れ、塾や予備校へ通い、試験に挑んでいる。ただ、親たちが一緒になって応援している、というくらいの変化しかない。

教育制度改革で子供たちは変わったか？

勉強ができるだけではなく、もっと幅広い才能や個性を育てよう、という気運もかつてあった。大学では推薦枠を作ったり、特技がある人を入学させるための制度上の改革が行われた。しかし、これらの試みは、一つとして成功しなかった。結局、元《もと》の木阿弥《もくあみ》となり、ほぼ従来どおりの入学試験が行われている。

たとえば、英会話の教育がこのところ重要視され、小学校や中学校でも授業が実施されている。だいぶまえから、大学入試でもこれが取り込まれている。もう三十年くらいになるのではないか。さて、では今の日本人は、昔に比べてどれくらい英語が話せるようになっただろうか？

最近の若者は、海外へ出たがらない、海外勤務になると辞めてしまう、と嘆いている声を、僕は何度か企業の人から聞いている。国際的な人材を育成すると謳った教育方針は、具体的にどれほど成果を挙げたのだろうか？

教育というのは、たしかに難しいものだと思う。僕自身、いちおう教育者の端くれだった。子供のときから勉強が大嫌いで、学校の先生になんか絶対になるものか、と思っていたのに、気づいたら教官という職業に就いていて、大勢の学生に講義をしたり演習をしたりしていたのだ。人生、わからないものである。

ただ、それでも、教育によって子供や若者の人生を変えられると感じたことは一度もない。もし、そう信じている教育者がいたとするなら、それは思い上がりではないか、と僕は思う。親だって、子供の人生を変えることはできない。

子供たちは、それぞれ自分の力で育つ。子供たちには、その自由と権利がある。それが原則だ。

受信側が積極的なら送信はいらない

もう少し語るなら、教育というのは、それを受ける側が「学びたい」「自分を変えたい」と思わないかぎり成立しない。ちょうど、電波を使って通信するようなものだ。いくら送信をしても、受信する側がスイッチを入れていなければ、なにひとつ伝わらない。どんなに素晴らしい教育方針があっても、なんら影響を与えることはできない。

逆に、学ぶ側のスイッチが入っていれば、送信する側は電波を出さなくても良いくらい、学び取る方の力は強大だ。先生を見ているだけで、遠くから覗いているだけで、あるいは過去の記録を辿るだけで、知りたいことを受け取ることができる。

すなわち、勉強は、基本的に「教えてもらう」ものではない。

勉強は「勝つ」ためにするものではない、と述べたが、もし学ぶ側が、どうしても勝利したい、という強い欲求を持っていたら、すべてのものから学ぼうと考え、実際に成し遂げることだろう。

指導する者がいなくても良い。先人は社会のどこにでもいる。自分より前方にいる人は無数にいるから、学びたければ誰からでも学ぶことができる。たとえ「勝ちたい」という動機が一時の幻想だとしても、である。だから、小学生くらいの年齢の子供には、そういった幻想で導く方法はありえる。そういうタイプの子供は多いから、塾などがその戦法を取るということかもしれない。

子供は歳の近い先人に憧《あこが》れる

他者との比較をする必要はない、とも書いたが、社会で生きていくうえで、他者との関係をまったく無視することは不可能だ。特に、子供には、そんな仙人のような生き方はまず難しいだろう。

むしろ、子供は積極的に他者を見る。人に興味があるからだ。当然、自分と比較もするだろう。それは、けっして悪いことではない。たとえば、立派な先人に憧れて、自分もそんなふうになりたい、と思うことは、その子供にとって明らかにプラスになる。元気が出るし、良いところを真似ようとするから、現実にもメリットは多い。

子供は、自身より少し歳上の子供に指導されるのが、一番自然である。古来、人類はそうしてきたからだ。集落を成すような社会になると、親ではなく、歳上の子供が、幼い子供の面倒を見た。親には反発しても、先輩には従う、という習性というか、本能に近いものを持っている。だから、親は、子供が誰に従っているのかを気にした方が良いだろう。

この理屈でいけば、小学校の先生は、親よりも若い方が適任といえる。子供たちは、若い大人に親しみを感じる。つまり、自分の未来像として、時間的に近い人を選ぶからだ。逆に、年寄りの言うことは耳に入らない。立場が違いすぎるという感覚を持ち、えてして反発したくなる。

他者との比較で陥《おちい》る挫折

こうした「憧れ」というのは、人を成長させる原動力になる。ただ、もう少し年齢が上がると、憧れの対象と自分との比較から、そこに到達することは無理だと感じるようになり、ある種の挫折感を抱くようになるだろう。

これが、反発の力となって、妬《ねた》みになり、僻《ひが》みになる。前者は相手を非難する方向、後者は自分を蔑《さげす》む方向である。理想と現実のギャップを、前者は理想を貶《おとし》めることで埋めようとする心理であり、後者は現実からの逃避となる。

他者と自分の比較をすればするほど、多かれ少なかれギャップは顕著となり、このような心理状態に陥る。勉強ができる友人の悪口を言うようになり、またどうせ自分には無理だと離脱する結果となる。

そうなるのは極端な例だと思っている人でも、このような心理を心のどこかに刻んで生きてきたはずだ。

競争に勝つために勉強をすれば、必然的にそうなる。勉強だけではない。社会で生きていくことは競争だ、と認識している場合には、必ずこのトラップに嵌《はま》るだろう。自分では気づかなくても、知らず知らずストレスになり、体調など予期しないところに影響が出る。自分の理想像へ近づけないことで、体調を崩す例は非常に多いようだ。一例として、自分は健康ではないから勉強ができない、という逃避をする。そのうち、実際に症状が現れ、ますます勉強ができなくなる。

元を辿れば、「勝つ」ことを目的に勉強したことが原因である。無意識に、その間違った動機から離れようとして、病気になる。

社会は誰も拒絶しない

何故、競争しなければならないのか、という点を考えてみよう。何故、勝たなければならないのか。どうして負けてはいけないのか。負けると、どんなデメリットがあるのか。具体的に挙げてみてもらいたい。

その多くは、自分が想定した物語であり、想像の中にある幻想ではないだろうか。「負けると恥ずかしい」「みんなから嫌われる」というような想像をする。それは、「勝てば誇らしい」「みんなに好かれる」と想像していたからである。

ここではっきり書いておくが、勉強というものは、そんなものではない。そんなつまらない気持ちで勉強をするのではない。十代くらいの若者には、きっとわからないだろう。僕も、その年齢のときにはわからなかった。しかし、なんとなく、「勝たなくても生きていけるのではないか」という仄《ほの》かな予感は持っていた。それは、父の言葉のおかげだった、と思う。

子供の側にいて、「無理に勉強しなくても生きていけるよ」と囁く大人がいた方が良いだろう。それは、人間の真理でもある。事実、勉強なんかしなくても生きていける。それも、立派な人生を送れるのである。

人はそれぞれ違っている。みんなと一緒に楽しめない、という子供もいる。学校へ行きたくないという子供も多い。自分の部屋から出たくない子だっているだろう。でも、それでも勉強はできる。家にコンピュータがあれば、外部のほとんどのものを学ぶことができる。それで充分だ、と僕は考える。

そういう子供たちは、社会が自分を拒絶している、と感じる場合が多いようだ。しかし、実際の社会というのは、それほど単純ではない。いろいろな人材を受け入れてくれる。拒絶されたと早合点する必要はない。

そういう意味で、社会や他者を諦めて切り捨てないで、自分の勉強を見つけて、自分が思うとおりに自分を高めること。言い換えれば、自分の好きなことを見つけて、自分の好きなことを深く学ぶこと。それが勉強の本質である。

勝つための勉強があるように、勝たないための勉強だってある。

人を測る物差しは一つではない

「勝つ」とは、誰かを蹴落とすことだ。しかし、自分を高めることは、他者にも役に立つはず。それだけでも、社会にとって有用である。

比較をするから、どちらが上で、どちらが下か、という話になる。実際には、上下を決めるためには、なんらかの物差し（指標）が必要だ。「AさんとBさんのどちらが上か？」

と質問されても、普通は答えることができないはずである。

ところが、現代人は、みんなが同じ物差しを持とうとする。そして、子供のときには「勉強」が物差しになっている。どちらが成績が上か、ということで、人を比較しようとする。そうなるのは、成績が試験に直結し、また試験が社会人となる入口を決めているためである。それは、たまたまそういう社会の道を歩こうとしているから、その順番に並んでいるだけのことであり、世の中には、もっと違った価値があることを、大勢が忘れてしまっている。

僕は、競争を否定しているのではない。一つの競争ですべてを決めるようなことを否定している。年長者は年少者より偉いのだろうか？　身長が高い人の方が偉いのだろうか？　そういった一つの数字によって、人間を測ることが大きな間違いであることくらい、誰でもわかっているはずである。

勉強で育つ理性

「勝つ」ことを勉強のモチベーションにすると、結果的に、それが人間の価値を測る唯一の物差しだと錯覚させる。特に、子供たちは純粋だから、そう思い込んでしまうだろう。

そういった間違いを正すことこそが、本当の教育である。また、大人になっても勉強を続けることで、それが間違った物差しだったと、気づくことができるだろう。

もちろん、勝ちたいという素直な願望は、誰もが持っているものだから、それを完全に否定するつもりはない。ただ、人間には「理性」というものが備わっている。勉強をすることで成長するものの一つが、この理性である。

ものごとを感情的に判断しない。客観的に、公平に観察し、理屈で判断をする。現在の社会は、法律という理屈で制御されている。人を説得するものも理性であり、争いを避けて、平和な社会を実現するのも理性である。

他者を打ち負かしたい、というのは感情的な願望だ。勝てばすっきりする、気持ちが良いと感じる。しかし、ある程度の年齢になったら、自分が勝ったときに、敗れた他者のことを思いやるくらいの余裕を持てるようになるだろう。それが理性であり、勝つことよりも、さらに一段と尊いものだ。

本来、勉強によって到達する高みというのは、そんな理性による「優しさ」ではないだろうか。

第4章 学校で勉強をする意味

学校は集団行動を学ぶ場

勉強というのは、学校でするものだ、と考えている人が多いはずである。学校は、子供たちを集め、教室では一人の先生が大勢を教えるスタイルを取る。このような形態になったのは何故なのか。

学校のルーツは、軍隊だといわれている。一糸乱れぬ集団行動、そして団結が、戦力の要《かなめ》だった時代がかつてあった。学校の行事を思い浮かべてほしい。子供たちは、整列し、号令をかけられて、同じ動作をする。運動会などの行進は、軍事パレードに似ている。

良い悪いという話をするつもりはない。学校とは、少なからず集団行動を教えるところであることはまちがいなさそうだ。社会では、大勢の人間が活動しているわけで、他者とどう向き合って生きていくのかを学ぶ必要がある。「協調性」のようなものを育《はぐく》むために、集団の中に子供たちを置き、勝手な行動を控え、周囲と同調して行動することを教える。それが学校なのだ。

学校で行われるものが「勉強」だとすれば、つまり、個性を抑制し、周囲の仲間に歩調を合わせること、協調性の学習が、もともと含まれている。

前述したが、集団で活動しなければならない時代は、もう終わろうとしている。工場などで同じ作業を大勢で行うような仕事は減っている。大勢が力を合わせないとできない肉体労働も、今では珍しい作業になった。機械が導入され、合理化された。人間は、そういった集団作業から解放されたのだ。

学校というシステムは古くないか？

一方、先生は何故一人しかいないのか？

昔は、大人はほかの仕事で忙しかったからだ。子供の教育に大勢が関わっていられない貧しい社会だった。しだいに余裕が生まれ、教育者の割合が増えてきた。学問も発展し、研究を仕事にする人も増加した。その意味では、学校の先生は、子供の人数に比べて相対的に増えている。

最近の日本では子供の人口が減少しているから、先生一人が受け持つ生徒の数も減っている。学校に子供たちを集めて、少数の先生が対応するという合理的なシステムが誕生したのは、歴史的にもそれほど古くはない。ここ数百年のことだ。その短い歴史の中でも、科学が飛躍的に発展し、教育の仕組みも大きく変化している。教育方針は試行錯誤で、変革が常に行われた。どうすればベストなのか、誰もわからないから、仮説を立て、予想をして試してみるしかない。

ただ、子供を学校に集めるタイプのいわゆる「学校」の形態は、いささか古くなっている、と感じている人は多いだろう。

社会が昔ほど「集団」を必要としなくなりつつあるのに、どうして子供たちを、昔のままの形態で教育するのか、という違和感を抱くはずだ。

引き籠もりは新しい価値観の一つ

おそらく、この違和感に大人たちよりも早く気づいたのは、子供たちだった。たとえば、不登校や苛めの問題が、数十年まえから社会問題として取り上げられるようになった。一部の子供たちは、「何故みんなと一緒にいなければならないのか」と本能的に感じたのではないか。

昔から、それを感じる子供はいたはずだが、もちろん社会が許さなかった。異端児を認めるわけにはいかない封建的な社会だったからだ。しかし、そういった社会の基本的な仕組みや、それに対する個人の価値観がどんどん変化し、個人の自由を認め、人権を尊重する社会にしだいにシフトした。一方、学校の仕組みだけが依然として同じであり、教育者の教え方も同じだったから、そこに歪《ひず》みが生じたのは当然といえば当然だろう。

「引き籠もり」が社会問題としてクローズアップされ始めたとき、僕は「これからの社会は、引き籠もりが大勢生まれて、そういったライフスタイルがマイナではなくなるだろう」と感じた。「引き籠もり」が子供たちから始まったのは、社会の常識に囚《とら》われない自由な思考と感性を持っていたのが子供だったからだ。当時は、大人には、そんな生き方はまだ許されなかった。今でも、まだ広くは許されていないようだが、大人の引き籠もりは増加し、しだいに社会に浸透しつつあるはずだ。

事実上、家に引き籠もったままで生活が可能になってきている。仕事も買い物も、あるいは各種の手続きも、すべてネットで処理できる時代になった。

教育システムにさらなる自由化を

引き籠もりと聞くと、なんとなく「不自由さ」みたいなものをイメージする人が多いかもしれないが、この手のライフスタイルを実践している知合いが、僕には数人いる。

彼らは、実際には引き籠もっていない。自然の中で生活していたり、世界中を飛び回っていたりする。どこにいても、またいつでも仕事ができるからだ。仲間もいるけれど、歩調を合わせる必要がない。実際に人と会う機会がないし、また時間的にずれていても支障がない。

子供は、大人よりも自由奔放であり、決まった時間に同じ場所に集まり、椅子に長時間じっと座っていなければならない環境に順応できない場合が多い。今まではそれを強制し、従わない子供は病人扱いを受けて排除された。しかし、大人になったら、そういう人も今なら立派に働けるだろう。椅子に長時間座らず、好きな場所で好きなときに好きなだけ作業をする。自分のペースで仕事をする。誰かと歩調を合わせなくても良い。そんな職種は増えている（ただし、それなりの技量を身につけるために勉強は必要だし、仕事となれば、シビアな競争も当然ある）。

けれども、子供のうちは、そういった個別で自由なタイプの学校がない。少なくとも日本にはない。大人になるまで我慢をしなければならないのが現在の実情だ。これは、おかしな話ではある。

好きな時間に、好きな場所で勉強ができる。先生と時間がずれていても質問ができ、授業が受けられるシステムは、今の技術でいとも簡単に実現できるはずなのに、何故、そういった学校を作らないのだろうか？

ほんの一部に、通信教育的なものを実施している例（通信大学講座や通信制の塾など）もあるけれど、もっと低学年で、たとえば正式な小学校として運営されても良さそうなものである。

数年のうちに、そういった体制を整えてもらいたいものだが、「情緒」といった言葉を持ち出す古くて頭の固い大人が教育関係のトップに大勢いるうちは無理だろうか。

集団教育のメリットとデメリット

集団で教育を受けることのメリットがないわけではない。もちろんある。学校教育を全否定するつもりは全然ない。

たとえば、世の中にはどんな人たちが存在しているのか、ほかの子供たちはどの程度の能力なのか、ということを知る機会として価値がある。

自分よりも能力のある子供を見ることも勉強になるし、逆に、自分よりも能力がない子供を見ることも同じくらい大事な機会だ。

自分にはわからないことが、どうしてあの子はわかるのだろう。自分にとって簡単なことが、何故あの子はできないのだろう。そういう他者の傾向や思考を想像するだけで、生きていくうえで大事な社会性が育つだろう。

どうして人は誤解するのか、どう間違えるのか、どんなふうに説明をすれば理解されるのか、などを学ぶには、他者の能力を知る必要がある。社会で重要な技術は、他者とつき合わないと勉強できない。

一方では、集団で教育することのデメリットもある。

頻繁に指摘されているのは、能力差によって、必要とされる教育方法が異なるのに、一律に教えることで、能力の高い子供も、能力の低い子供も損をする、という点だろう。日本の場合、学校を変わることで、レベルの違う教育を受けることができるけれど、一番差が激しい年代である小学生のときに、そういった柔軟な教育を受けることは難しい。それに、小学校から高校まで、飛び級のように学年を飛び越える制度もない。大学では一部で行われているが、一般的とはいえないレベルである。

仲間になろうとする気持ち悪さ

集団教育と個別教育は、どちらが正しく、どちらが優れている、という問題ではない。

あえていうなら、子供それぞれにとって、向いているものと、そうでないものがあり、同じ子供でも、向いている科目とそうでないものがあるだろう。

学校教育がいけないのではなく、学校教育に向いていない子供がいる、ということが重要な視点といえる。教育に関わる人は、その理解を持たなければならない。

集団は楽しいものだ。仲間は素晴らしい。家族愛はなくてはならない。これらは常識になっているようだが、それを負担だと感じる子供もいる。そして、孤独になりたがる子供に、愛情をもって接し、仲間に入ろう、一緒に楽しもう、と引き込むことがかえって逆効果となる場合も多いだろう。それが嫌だから、登校拒否になり、引き籠もる子供が出る。「家族の愛情が足りない」といった単純な思考では解決できない。愛情がいやらしい、手を差し伸べてくる相手が気持ち悪い、と感じる子供もいるし、それは間違っているのではない。そういう価値観なのだ。そこを理解しないで、一律に自分たちの価値観が正しいと押しつけようとする。そんな光景を、僕は何度か見てきた。

日本人の過剰な連帯感

僕の価値観は、この「押しつけられる馴れ馴れしさが気持ち悪い」というものだ。僕は引き籠もりになったことはないけれど、引き籠もりの生活に憧れることはある。人づき合いは、基本的に鬱陶《うっとう》しいものだと考えている。僕が子供たちの教育に積極的に関わらなかった（学校の行事に参加しなかった）のもこのためかもしれない。

しかし、僕の奥様は常識的な人で、ごく一般的な価値観を持っている。僕は彼女のやり方を非難したことはない。子供を共有しているので、僕は僕の方針で子供に接し、彼女は彼女の方針で子育てをした。お互いに意見交換はしても、相手を非難したりはしない。どうしても統一された結論が必要な場合は、どちらかが引き下がることになる。

意見は違うけれど、お互いを尊重するということは、非常に大事な、現代的な人間関係の基本であるけれど、日本人はこれを苦手としているようだ。意見が違うと、もう仲間ではない、反対されると、人格まで否定されたように感じる、という感覚を多くの人が持っているように観察される。このような価値観が生まれるのも、「みんなが一緒になろう」という教育がいきすぎている結果ではないか、と僕は感じている。

社会に出てもこれは同様で、たとえば、「上司に逆らってはいけない」「出る杭は打たれる」「間違っていると思ってても我慢してつき合う」といった風潮が顕著である。

人それぞれだと教える教育

さて、父親と母親の意見が違う家庭は、子供の教育にとって悪い影響を及ぼさないか、と考えた人もいらっしゃることだろう。これもまた、日本人的な感覚といえる。家族は一つにまとまっていなければならない、と無意識に求めているからだ。

子供たちには、「人はそれぞれ違う」ということが教育できる。学校の先生が言っていることと、親が言うことは違う。父と母でも意見は違う。人間というのは、そういうものであり、社会は矛盾に満ちている。

子供たちは、その場、そのときどきで、自分の判断をして、協調すべきときは従い、間違っていると思ったら、たとえ一人でも反対する。そんな人間に育ってほしい、と僕は考えていたから、そういう教育をした。

自分はこう考えている、ということを正直に伝える。社会では、それは非常識かもしれないし、身近なあの人だって反対するかもしれない。でも、自分が正しいと考える理屈はこうだ、と教えた。「常識だから従いなさい」とはけっして教えない。そこは、たびたび奥様には反対されるところだった。彼女は、周囲の人たちに逆らってはいけない、と教えたかったようだ。もちろん、その考え方もあって良いだろう。

結局、二人の子供たちは、どちらかというと僕寄りの人間に育ったように観察される。人づき合いを好まず、自由に一人で生きられる仕事に就いた。僕はまったく干渉していない。奥様は、今でもときどき子供たちに会って、一緒に食事をしたりしているみたいだが、僕はそれもしない。しかし、お互いに迷惑はかけていないし、お互いに存在を認め、尊重していることでは変わりがない。その最低限の教育はできたのではないか、と僕は（結果論だが）思っている。

小学校の理科の実験で学んだこと

僕は、学校へ行きたくなかったけれど、親（特に母）が期待しているようだったから、それを裏切ることはできなかった。我慢をして、つまらない時間を過ごしていた、といって良い。授業で習うような内容は、教科書を読めばわかることだし、その教科書だって、びっくりするような新しいことは書かれていなかった。特に、算数などは学校の授業は遅れている、と感じた。

四年生のときにラジオを自作した話を書いたが、その四年生のときに、乾電池でライトを点灯させる理科の実験が教室で行われた。直列や並列について先生が説明をしたが、先生はオームの法則を知らないようだった。その物理法則を知っていれば、あらゆる場面に適用でき、ちょっと計算をすれば正解が導けるのに、それを教えないのは何故なのか、と不思議に感じた。

クラスメイトの中でも、親しかった数人は、オームの法則を知っていた。僕たちは、電子部品をときどき交換していたし、トランジスタを使った回路を理解できていた。

もちろん、先生に逆らうようなことはできない。学校では大人しくしていた。友達と、「先生は、電流がプラスからマイナスへ流れると話していたけれど、あれは間違いだよね。電子はマイナスからプラスへ流れている」などと下校のときに話し合った。

しかし、物事には手順というものがあるし、また、電子工学にまったく興味がない子供だって大勢いる。そういう子には、「電気」が何かもわからない（現在の大人の多くもわからないだろう）。実験のときに、怖くて乾電池が触れない女子もいた。学校というところは、そういう他者を観察できる、小さな社会を体験することができる、という意味では、非常に勉強になった。これは、皮肉で書いているのではない。

学校で学ぶ他者とのつき合い方

つまり、「常識」というものを学ぶ場として学校教育の価値はある。常識など学ぶ必要がない天才だったら、学校へ行く必要はないけれど、天才ではない大部分の人たちは、将来社会に出て、人づき合いをしつつ生きていかねばならないから、他者と歩調を合わせる術を身につける必要がある。学校教育のほとんどは、この社会性、ならびに「生活力」のようなものを養うことが目的だと考えられる。

たとえば、ずば抜けて頭が良くて勉強ができる子供は、周囲から叩かれないように、自分の能力を隠す術を覚えるだろう。また、逆に勉強ができない子供は、それを誤魔化すか、あるいは別のもので挽回するような術を覚えるはずである。僕が観察した範囲でも、賢い者は馬鹿な振りをして、相手を油断させるように振る舞う。また、馬鹿な者は、ふざけることで注目されることを覚え、ときには、悪ふざけで失敗をするようだ。

他者に対してどう振る舞えば良いか。自己の欲求をその場では隠し、我慢をすることで、相手が怒るようなシチュエーションを避ける。喧嘩をしても自分には利がない、ということを学ぶ。

先生は、「思いやり」という言葉を使い、他者の気持ちを察することを教えているが、それは「優しさ」とか「親切」といった道徳的なものよりも、結局は自身にとって得か損かということらしい、と子供は理解するだろう。子供の価値観というのは、素直だし、ストレートである。大人よりも、ずっと「現金」なのだ。

思考能力によって想定する未来

賢い者も愚かな者も、自身の利を考えて行動する。これは基本であり、当然のことだ。「人のために尽くす」ことを信条としている人たちもいるけれど、それは、そんな自分の姿が理想であるという思想を持っているからであり、つまりは自分の満足のための行動ともいえる。

ただ、子供は大人よりも経験が浅く、また長い時間を想定した未来までは思い描けない。個人差はあるけれど、比較的近い未来の自分が得をする道を選ぼうとする。目の前にあるケーキの取り合いをするのは子供であり、大人はケーキを譲ることの利を計算できる。賢い者と愚かな者の差も、突き詰めれば、この想定する未来のスパンの差にすぎない。

世の中には、いろいろな人間がいる。才能や性格、あるいは家庭環境などが、どれくらいばらついているのかを、子供たちは小学校で学ぶ。そして、しだいに自分がその大勢の人間の中で、どんな位置にいるのかを、ぼんやりと把握するだろう。

人よりも優れている点、人よりも劣っている点も、周囲の観察から明らかになる。体育の授業が小学校にあるのは、きっと自分の運動神経がどの程度かを理解させるためだ、と僕は思っている。運動能力が、体育の授業で高まるとは思えない。

体育で明らかになる運動神経の差よりも、学科で明らかになる思考能力の差の方が格段に大きい。ただ、小学校の学科では、そこまで明確な違いは表面化しないかもしれない。中学、高校と学年が上がるにしたがって差は大きくなるし、また数学などの理系科目では、この差がより顕著になるようである。

知識が役に立たない社会になった？

念のために断っておくが、これらの個人の能力差は、成績をつけたり、競技などで順番をつけると「優劣」の差として表面化するが、だからといって、それは人間の優劣ではない。これは、現代社会の基本中の基本なので、もし無意識のうちに「人間の優劣」として扱うようなことがあったときは、必ず思い出して自分の感覚を修正してもらいたい。

たとえば、走るのが速い子供が、社会に出てその特技を活かすような仕事に就こうと考えても、そんな職業は現代の社会にはない。計算が速いという特技も、活かせる職場はほとんどないだろう。このような容易に明らかとなる個人差というのは、機械によって補うことができるからだ。バイクの運転ができれば、オリンピック選手が走るよりも速いし、計算機を使えば、暗算する必要はない。

これと同じように、沢山の「知識」を頭に格納していることも、さほど優れた頭脳とは見なされなくなった。博学でなんでも知っている人を、今の社会は必要としていない。この方面もコンピュータの能力にはかなわないし、コンピュータの使い方さえ理解できれば、誰でも博学になれる。普通の仕事では、それで充分なのだ。

したがって、学校で習うような知識は、ほとんど社会で役に立たない、と考えても間違いではない。無理に覚えなくても、全然大丈夫である（これは、僕が証明している）。

通常は、試験にパスすることが勉強の目的だから、その試験に照準を合わせて、そのときだけ覚えていれば充分だ。試験が終わったら、忘れてしまっても良い。というよりも、忘れてしまうのが普通だろう。

勉強で己を知ることの価値

だったら、勉強は無駄なのか、と疑問を呈する方がいらっしゃるはずである。僕自身、中学や高校のときは定期試験を一夜漬けで乗り切った。その経験から、いざとなれば半日でこれくらいの情報量は頭に入る、という自信がつく。記憶に関して、自分がどの程度の能力を持っているかを測ることができた。その意味では、有意義だった。

学校の勉強というのは、そういう「自覚」が一番の成果だと考えて良いだろう。覚えたことをテストで試し、自分の能力を測っている。このとき、さきほどまで書いてきたように、他者との比較もそこそこ大事ではあるが、それよりももっと注目すべきなのは、自分の行動と効果の評価だ。

どれくらいの努力で、一時的にせよ、どの程度の能力が身につくのか。それを知っていることは、その後のあらゆる活動において、目的に向かってなにがしかの努力をするときの計画の基準となる。

いわば、「己を知る」行為である。勉強をしないと、己を知ることができないまま社会に出ることになる。社会人として直面する種々の問題に対して、自分がどう対処すれば良いのかわからない人間になるだろう。

こういう人は必然的に、他者から細かく指示されないと行動できない。上司から命令されないと動けない。仕事の多くは、おおかた指示があって、それに従うものではあるけれど、それは短期間のバイトや、社会に出てまだ新人のうちの話だ。ある程度経験を積めば、上から命じられそうなことを、あらかじめ準備する必要がある。また、仕事を任されるようになると、自分で判断し、自分で計画しなければならない立場になるだろう。そのときに、若いときの勉強という経験で、頭を使う練習をしていたかどうかが効いてくるはずだ。

計算は頭のジョギングである

たとえば、暗算などは、頭の体操の一つといえる。ジョギングするようなものだろう。ジョギングが趣味の人がいるように、暗算が趣味の人もいる。ジョギングをして、体調を整えるのと同じく、暗算をして頭の調子を整える。いざというときに働く頭になる、ともいえる。

実は、僕は子供の頃は、計算がもの凄く速かった。ときどき、計算をするような場面になると、クラスの誰よりも早く手を挙げることができた。そういえば、小学校のときに、友達が算盤《そろばん》を習っていたので、その算盤塾に体験入学したことがあったけれど、残念ながら、算盤を使うよりも暗算の方がずっと速かったため、「これは駄目かも」と思って、正式に入塾しなかったことがある。

しかし、大学生になった頃には、暗算をやめてしまった。電卓を買ってもらったからだ。三桁の足し算くらいなら、暗算の方が速いが、掛け算になると、電卓の方が圧倒的に速いし、計算ミスがない。計算をやめてしまうと、もう計算できない頭になっていることがわかった。やろうと思っても、計算できないのである。運動しないと躰が鈍《なま》るように、計算しないと頭が鈍る、ということのようだ。

子供のときに、こういった頭の体操をさせる教育は、非常に大事である。頭の使い方を自分で編み出すような行為でもある。学校の先生は、計算の方法というものは教えてくれない。どう考えるのか、という一般的な手法はない。せいぜい、筆算など、書いて行う方式がある程度である。

頭の中で展開する手法は、それぞれ違うし、簡単に言葉にはできない。僕は、頭の中で図を描いて計算する。各自が自分の頭の中で、独自の方法を見つける。それには、何度も計算をするしかない。計算しているうちに、方々で近道のパスが生まれて、どんどん速くなり、また洗練されてくるのだろう。

僕が助教授だった頃に、講座にいた学生で、計算が速い人が二人いた。どちらも、算盤を習っていたからだ。彼らは、三桁と三桁の数字の掛け算を一瞬で答えることができた。それくらいの計算能力は、特に目立ったものではなく、誰でも訓練をすれば、到達できるらしい。

ただし、計算ができることが、すなわち「頭が良い」ことではない。これは、ジョギングができるからといって、いきなり野球選手になれないのと同じだ。問題を解決するには、計算も必要だが、計算だけで解決するような問題は、実際にはほとんどない。そういうものは、「問題」とさえ呼ばれない。

学校ではチームプレィを習わない

学校は、集団で勉強する環境である。スポーツにも、集団で行うものが多い。陸上競技などは個人の種目だが、チームでプレィするようなスポーツを、学校の体育の時間にも、幾つか体験することができるはずだ。

ただ、小学校や中学校の体育の授業を思い出してみても、チームとして戦略を立てたりするほど、いわゆる「チームプレィ」をするような機会はなかった。単に、そのスポーツのルールを学び、躰の使い方を教えてもらうだけだった。

これは、学科の勉強でも、だいたい同じことがいえる。国語も算数も、どの教科も、個人的な勉強しかしない。友達と力を合わせて作文を考えるとか、算数の問題をグループで解く、といった体験はなかった。

実社会に出た場合、多くの仕事は、集団で行われるし、チームプレイが基本となる。チームの中で、ある分野が得意な人がいれば、その分野はその人が担当することになる。また、他者を補佐するような役目の人もいて、判断を任せられるようなことはなく、作業の段取りをつけたり、ミスがないように確認をしたりする。学校の授業では、こういった分業については学ばない。基本的に、個人の技量を高めることに特化した勉強を繰り返すだけだ。

日本人は「議論」を学校で学ばない

日本の学校教育で、最も欠けている分野は、「議論」ではないかと思う。意見を述べたり、相手を説得したり、相手と意見を戦わせたりする体験を、あまりしていないように見受けられる。海外では、これらが非常に重んじられているので、それに比べて、不足を感じる。

議論をするためには、論理を学ぶ必要がある。これは、科目としては国語か数学だろう。僕が子供の頃には、数学で集合論を習ったり、あるいは確率論なども習ったので、これらは議論に役立つものといえる。国語の授業では、この種の論理に関する教育を受けた覚えがない。今の学校では、行われているのだろうか？

少なくとも、僕は習っていない。議論のし方、論理の組み立て方は、社会人になってから自分で学んだ。おそらく、日本の教育界は、「各自で学べ」という方針なのだろう。あるいは、論理というもの自体をよく理解していない人が、社会の上の方に多いのかもしれない、と危惧する。

学校は、せっかく大勢が集まっているのだから、議論を勉強する場として、これほど適したところはないはずだ。

日本語は論理的ではない

日本人は、一般に議論が苦手である。それは、日本語が曖昧であること、また日本の社会が、仲間意識や感情論で動いていて、議論をしないでも仕事が進む仕組みになっていることが原因だろう。

日本人は、伝統的に議論を嫌っているようでもある。議論をすることは「対立」であり、すなわち「敵対」だという価値観を持っている人も多い。日本人だけで仕事が回っている間は、それでも良いかもしれないが、世界に出ていくビジネスでは、多少困った問題といえる。

簡単な三段論法や、逆、裏、対偶などの論理学は、議論の基本であるけれど、日本の場合、これらがまったく頭にない意見が九割以上まかり通っているようだ。

おそらく、法学部などで、これらの勉強や訓練が行われているのだろう、と勝手に想像している。法律の文章は難しい、と一般人は感じていて、契約書などの小さな文字をじっくりと読む人は少ない。

「よろしくお願いします」で誤魔化すのが日本の文化である。悪いとはいわないけれど、それでは損をすることもある、と思われる。気をつけましょう。

たとえば、本書に書かれているような文面でも、自分が責められている、上から目線はやめてほしい、と感情的になる人がいるだろう。そういった感覚が、客観的な意見を遮断してしまい、結果的に大損をすることになる。

作文やスケッチが大嫌いだった

小学校や中学校の勉強というのは、基本的に、与えられた問題を解く行為である。これは、出題に反応することだといっても良い。知っているか、知らないか。正確に覚えているか、忘れてしまったか。そういう評価をするだけである。

また、作文を書かせたり、応用問題を解かせたりするときには、ある程度の道筋が示され、そこを進むように導かれる場合がほとんどだ。つまり、「言われたとおりに計算しました」という結果が求められている。

たとえば、作文の授業であれば、多くの場合、テーマが決まっている。何について書くか、という課題が与えられ、それについて考えるだけだ。これは、対象物を目の前に置き、それを正確に、見たままにスケッチしなさい、というのと同じである。

このような行為は、訓練としては意味がある。おそらく、社会に出て仕事に就いたときにも、報告書を書かされるから、見たままに、わかりやすく描写することが求められるだろう。そのための良い練習にはなる。

しかしながら、それが文章を書くことだ、絵を描くことだ、と子供たちは誤解する可能性が高い。僕は子供のとき、これらの授業に対して、「なんてつまらないことをさせるのだろう」と感じた。作文なんか大嫌いになったし、スケッチの時間も退屈でしかたがなかった。やっていることが、とにかく楽しくなかったのだ。

念のために書いておくが、今は文章を書くことが仕事になった。これは本当の作文だ。また、僕は小説を書くまえは、漫画やイラストを描いていて、今でも文章よりも絵の方が得意だと自分では思っている。けっして、文章を書くこと、絵を描くことが苦手でも、嫌いなわけでもない。

これは、釘を打つ練習をさせているのだから、楽しくないのは当たり前である。けれど、「本来の作業は、こんなふうではないよ」というくらいは教えてもらいたかった。作文もスケッチも、それくらい未来に向けた展望を、先生は語って欲しい。

テーマを決める発想力は学べない

テーマが決まった作文が書ける能力は、たしかに普通の会社員の仕事に応用できるので、役に立つ人材を育てるかもしれない。スケッチの能力も、デザインや設計の分野では、なくてはならない技量として認められる。

しかし、たとえば、作文を書くことが専門だという職業の人がいるだろうか。非常に珍しいかもしれないが、いわゆる作家がこれである。僕は、今その作家という職業に就いている（だから、この本を書いているのだ）。

そして、作家にとって最も大切な能力とは、「何を書くか」を決めることである。つまり、テーマを決めること。小説であればストーリィを考えることであり、エッセィだったら、何を取り上げるかを考えることだ。しかも、文章ならばなんでも良いわけではない。読んでくれる人がいそうなものでなければ価値がない。

デザインや絵でも同じだ。何を描くかが一番の問題なのである。これは、写真家でも同じだ。何を撮るかが、写真家の目であり、つまり能力なのである。

こういったことは、勉強で育まれるものではない、といってしまえば、そのとおりだ。技術的なこと、方法論ならば学べるけれど、最初に「これにしよう」と決める発想力は、学校の勉強では鍛《きた》えられない。それどころか、意図的に避けられているようにさえ見える。

この原因は明らかである。発想力を教える人も、評価する人も、学校にはいないからだ。学校の先生は、国語なら教えられるけれど、小説を教えることはできない。国語の先生でも、小説家にはなれない（もちろん例外はあるけれど）。美術の先生であっても、その人の描いた絵に高価な値段がつくわけではない（もしそうなら、先生などしていないはずだ）。

一流の才能から学ぶこと

学校の先生は、その分野で一流なのではない。むしろ二流か三流の能力しかない。一流の才能の持ち主は、小学校や中学校の先生にはならない。もっと適した職業に就いた方が、経済的に得だし、時間的にも有利だからだ。不謹慎な話になるかもしれないが、学校の先生の給料を十倍にすれば、もっと才能が集まるだろう。

ときどき、「一流の選手はコーチには向かない。天才的な人には、ノウハウがない、初心者の状況が理解できない、才能のない者の気持ちがわからないからだ」といったもの言いが聞かれる。だから、二流や三流の才能に指導を受けた方が良い、という理屈らしいけれど、これは正しいだろうか？

一般論は存在しない、と思う。ケースバイケースであろう。ただ、僕は、学ぶならば一流から学ぶ方が効率が高い、と考えている。僕の経験では、例外なくそうだった。その分野のトップの人と議論をするのは有益だし、そういう先生の言葉からは、どんなに小さなものでも拾い上げ、砂金を洗うようにして価値を見つけ出すことができた。

しかし、学校という教育の仕組みでは、このような一流の人を先生にすることが、物理的に不可能である。通信技術を駆使すれば簡単に解決する問題なのだが、教える側にも学ぶ側にも、人と対面していないと駄目だ、という消極さが、現状ではきっと多く現れるだろう。それは、思い込みであり、やはり「人と人の絆」「ふれあい」「人情」といったマスコミのキャンペーンに染まった価値観といわざるをえない。多くの人たちがその価値観に染まっている（強い言葉を使えば、洗脳されている）ため、教育改革は低速でしか進まない。

教育についての楽観

大勢に無理に勉強させる必要はない。才能は多くの数を必要としない。どんな教育環境であっても、頭の良い人はいずれ頭角を現す。そういった一部の才能は、資本主義社会では事業の成功を目指して活躍し、結果的に大きな社会の変革を導く結果となる。個人としては金儲けであっても、新しい価値観が社会に広まり、啓蒙し、教育したことと同じ効果を挙げるだろう。

そういう意味では、僕はまったく楽観している。まあ、そのうち変わるでしょう、というくらいの感じである。

日本の教育システムに不充分なところがあって、日本の子供たちの学力や成長が世界水準から取り残されるようなことがあったとしても、べつにどうってことはない、と考えている。

国どうしで競争しているわけではない。戦争のない平和な社会が世界中で実現すれば、それよりも良い状況というのはない。どうして、日本が一番にならなければならないのか。不況の何がいけないのか。

そんなことを、日本社会や都会から程遠い森の中に籠もって、ときどき思いやっているわけである。

第5章 教えてもらうことが勉強ではない

大学の講義を担当すること

先生にだけはなりたくなかった僕が、どういうわけか教壇に立つことになった。それでわかったのが、人に教えることはもの凄く勉強になる、ということだった。

僕が就職したのは、工学部建築学科だったけれど、コンピュータプログラミング、材料力学、建築生産システム、構造力学などの講義を受け持った。構造実験も担当していた。また、学科を越えて、力学や数学の講義を他学科で担当したし、文系の学生を対象に、技術史の講義を受け持ったこともあった。

研究者であるから、自分の専門がある。研究分野というのは、非常に狭いフィールドが対象であって、ほんの少し違うだけで、もう論文さえ読まない。ところが、学生たちに講義をするとなれば、比較的広い範囲の知見を、できるだけ簡単に説明しなければならない。重要な点はどこで、何を選択して話すのか、という問題に直面する。

もっとも、救いはある。お客さんである学生が毎年入れ替わるから、一年めは大変だが、二年めからは楽になる。大学の専門分野の講義では、教科書というものは普通ない。たまに、先生自身が書いた技術書を教科書にしていることがあるけれど、これは順番が逆で、毎年教える内容がまとめられて書物になっている、ということだ。

国立大学の工学部だったが、学科の学生は一学年四十人しかいない（他学科へ教えにいった場合には百人ほどいたこともある）。学生に教科書を買わせても、数が知れている。私学などでは何百人も学生がいるので、出版が成り立つのかもしれない。

教える方が勉強している

とにかく、まず一学期（半年間）の講義の内容を考えなければならないし、どう教えるのかというストーリィも、だいたい決めておく必要がある。シラバスという、学生向けに講義の内容をアナウンスする仕組みもあって、その内容と違った講義をすることは許されない。行き当たりばったりで教えていた昔の大学の先生とは、今はずいぶん違っているのである。

毎年まったく同じ内容の講義というわけにもなかなかいかない。数学や力学など、基礎分野では同じでも良いけれど、工学は日々進歩しているので、新しい技術を取り込んだ内容にしたい。それに、一年も経過すると内容をほぼ忘れているから、まったく同じ内容を話すにしても、予習していく必要がある。だいたい九十分の講義だったけれど、予習には、その半分くらいの時間をかけていた。講義ノートなどをざっと眺めると、記憶が蘇《よみがえ》ってくる。

数学や力学では、黒板に数式を書きまくっていた。大学の講義室の黒板は上下二段になっていて、下の黒板に書いたら、上下を入れ替える仕組みだ。さらに、その上下のほかに、左右にも黒板があった。

話をしながら式を展開していく。ノートやメモを見ている暇はない。学生たちは、僕が書いた黒板の式をノートに書き写す。僕はアウトプットし、学生たちはインプットしていることになる。

ちょっと考えても、理解できると思う。どちらが勉強しているだろう？

アウトプットが記憶を確かなものにする

もちろん大学の場合、講義の予習をしてくるような学生は一割もいないだろう。復習する学生だって一割もいない。ほとんどは、ただコピィ機と化して、黒板の文字をノートに写す作業をしているだけだ。これは「写経《しゃきょう》」ほどの精神修業でもない。しかも、その半分は途中で睡魔に負けてしまう。そうでなくても意識朦朧《もうろう》で、ほとんど心神喪失の状態だ。

先生は寝るわけにいかないし、眠くもならない。講義を聴く側は、何故か眠くなるのである（僕も、人の講義を聴くとだいたい眠くなる）。

人に教えることは、本当に勉強になる。いろいろ覚えられるし、また教えているときに、数々の発想も生まれる。新たな疑問点に気づいたり、関連したことでふと思いつくことが多く、それがヒントになって本業の研究に役立つことも幾度かあった。

皆さんも、自分で勉強したことを家族や友達に教えてみると良い。頭に入ったことを再び外に出す、アウトプットすると、記憶が頭に深く刻まれるような感覚になるだろう。理解度が増し、記憶もデータとして精確になり、長期間忘れない。ただ経験しただけのことよりも、その経験を人に話したことの方がよく覚えているものだ。ただインプットするだけとは、大違いなのである。

講義を受けると誰でも眠くなる

なにかについて学びたい、と思った人は、ほとんどの場合、先生を探すだろう。子供であれば学校があるし、塾もある。大人の場合は、まずは関連の書籍を探すのが一般的だろうか。さらに、本を読んでも物足りない場合には、教えてくれる先生につく。文化教室やセミナなどがどこでも開催されているので、興味を持って探せば、たいていのものを学ぶ機会があるはずだ。

このようにして、自分から学びたいと考え、自分のお金を出して講義を受ける人は、大学生のように眠ったりはしないはずである（たとえ眠くなっても、それぞれが睡魔に抵抗するだろう）。少なくとも講義の時間の半分も眠っていたら、ちょっと問題である。それこそ授業料を捨てたようなものだ。

バイトで、その手の教室の講師を引き受けたことがある。たとえば、一級建築士の資格を取りたい人のためのセミナなどである。この場合、自分の金を払ってきている人は割合としては少ない。会社から「資格を取ってこい」と命じられるような場合が多いからだ。誰が授業料を払っているのかは、もちろん僕は知らない。みんな、その業種のプロだった（僕よりも年配の人がほとんどだった）。しかし、仕事が終わってからの夜間に開かれる教室なので、皆さんお疲れの様子だった。目だけはなんとか開いているけれど、視線が宙を彷徨《さまよ》っている、といった顔も散見された。

運動している最中に眠くなることは少ない。一方、食事をしていると眠くなる。満腹になると起きていられない人もいるようだ。やはり、インプットする行為は、眠気を誘うものらしい。

眠気は、勉強の大敵である。眠くさえならなければ、時間に比例した成果が得られるようにも考えられるだろう。人間の頭は、機械のようには働かない。

昔から、眠気を覚ますために、あらゆる方法が試されていて、誰もが一つや二つ試したことがあるはずだ。そう書きながら、僕はその経験がない。眠気に襲われたときは寝ることにしていたし、それは現在でもまったくかわらない。眠気を覚ます必要があるのは、長距離の運転のときくらいである（この場合は、休憩してコーヒーを飲むことにしている）。

集中が続くから眠くなる

一定のプロセスで頭の中へデータを入れようとする行為が、人によっては非効率だ、ということである。眠くなってしまい、頭に入らなくなる。まるで、頭が拒絶しているような感覚でもある。

こういうときに、「集中力が足りない」という精神論を持ち出すのが、昔の文化だった。今でもそういう教育をしているところがあるかもしれない。集中すれば眠くならない、というのは嘘である。そうではなく、集中するから眠くなるのだ。集中が眠気を誘っているのである。

まず、「一定」でなくす方法が考えられる。すなわち、同じ対象に集中しないことが効果的だ。これを利用しているものとして、学校のカリキュラムがある。一日中一科目の授業をすれば、ランドセルに入れる教科書が少なくなるのに、そんな時間割の小学校はどこにもない。短い時間で別の科目にシフトするような設定になっている。つまり、集中しないように工夫されているのだ。

個人が勉強するときにも、眠くなったら、科目を変えることは効果があるだろう。だが、なかなかそんなわけにはいかない。明日が試験だったら、その科目に集中して勉強しなければ意味がない。

先生が同じだと、やはり眠くなる。同じ人の話を長時間聴いていられない。途中で先生が交代すると、ある程度リフレッシュできるだろう。僕が中学に上がったとき、このシステムになったので助かった。科目ごとに先生が違うので、小学校のときよりも授業に飽きにくくなったからだ。それでも、授業は五十分間もあった。僕としては十五分くらいで交代してもらいたい、と考えていた。

眠くなってしまうのが勉強か？

連続したインプットで眠くなるのは、どうやら避けられないことらしい。僕は、そう考えている。たとえば僕の場合、小説を読むと眠くなるが、小説を書いていて眠くなったことはない。ただ、キーボードを打つ手が疲れるので、十分か十五分で執筆を切り上げて、ほかの作業（たとえば工作や庭仕事）に移ることにしている。

ちなみに、寝たいときに眠れず、寝てはいけないときに眠くなる、というのが実に不思議である。社会で生きていくためには、ある程度他者と共同で作業をしなければならないから、このようなストレスが少なからず生まれる。ストレスは健康にはマイナスだ。我慢すれば良い、というほど簡単ではない。

僕と奥様は、今はもうすっかりストレスから解放された。僕は仕事から解放され、彼女は子育てから解放された。二人とも、眠くなったら寝るし、それぞれが勝手で自由な生活を満喫している。寝ているところを起こすのは、犬たちくらいである。犬がせっかちなので少々困っている。

さて、一方通行でしかも一定の経路で頭にインプットする作業は、眠気を誘うし、肝心の頭が働かないので、効率が著しく低下する、という話をしてきた。

そもそも、勉強というものは、そういうものだ、とは僕は思わない。一般の方がイメージする勉強はそうかもしれないけれど、僕が見つけた勉強はそうではない。

考えるときには息を止める

今まで話した中では、大学四年生のときの卒研の体験が、カルチャショックだった。このとき、本当の「勉強」を僕は見つけたのだ。

それまでの勉強と何が違っているのか、というと、一方通行ではないし、また、一定の経路から頭にインプットされるものでもなかったことだ。

以来、僕は研究を続け、そのまま就職をして、三十年近く研究という「勉強」を続けてきたけれど、これは、本当にエキサイティングで、眠くなるようなことは一切なかった。それどころか、面白すぎて寝られなくなる。体調を崩したら、研究が続けられなくなるから、意識して「寝よう」「休もう」とコントロールしないといけないほどだった。

この勉強は、ときどきデータをインプットすることがあるものの、それは時間的に非常に僅かな部分で、一パーセントくらいだといって良い。一つインプットがあると、それについて考え、計算して、実際に試してみる、という行動が伴う。したがって、大部分の時間はアウトプットしている。頭をフル回転させて、運動している状態だから、お腹が減る。だいたい、チョコレートなどの糖分を欲しくなる。躰はほとんど動かないのに、頭脳がエネルギィを消費するからだ。

この思考の没頭というのは、少々危険な精神状態かもしれない。なにを見ても、今考えている研究のことと関連づけようとする。散歩していても、あるいは寝ていても、常に考えている。夢の中で考えに考え抜いて、面白いアイデアを思いついたことは一回や二回ではない。

考えているときは、呼吸がとても大事で、ここぞという難しい思考をするときには、息を止めている。これは、百メートル走の選手と同じで、息を止めないと瞬発的な力が発揮できない。人間はそういうふうにできているようだ。思考も同じで、一番頭が回転する瞬間には、呼吸をしていない。皆さん、それくらい考えたことがありますか？

棋士が対局をしているときも、きっと呼吸を整え、息を止めて考えるときがあるだろう、と想像する。コンピュータプログラミングをしていても、運動したあとのように、深呼吸したくなるときが訪れる。

勉強の本質は創造的な活動にある

勉強とは、結局はこの自分の頭を回すことなのだ。データをインプットしたときには、その新しいデータについて考える。いろいろなものと関連させたり、そこからヒントを得て、別のものに展開させたりする。そういったことを繰り返すうちに、百に一つくらい現実的で有用なアイデアが生まれる。大部分は、捨てるしかないけれど、また別の機会に復活できるようなことだってある。

ものを関連させるには、似ているものを探したり、反対のことを考えたり、組み合わせを変えてみたりする。そういった「捏《こ》ねくり回す」ような思考を常にする。

観察された事象を抽象化することも、そんな作業では欠かせない。具体的なものから一旦離れて、本質を考える。具体的な問題は、本質を見えにくくするだけで、考えるうえで障害となるからだ。

発想とは本来、基礎的なものであり、抽象的なものだ。具体的なデータは二の次。それらは、あとあと現場で辻褄を合わせるくらいしか意味がない。たとえば、建築のデザイナは、大まかなスケッチを最初にする。これが本質である。これを、現場で沢山のスタッフが細かい寸法を合わせ、材料や工法を選択して実現していく。ほとんどの才能は、最初のスケッチに注ぎ込まれる。そして、その建築物は、設計者の名とともに歴史に残るのである。

頭が創造的な活動をしているときに、その人の才能が際立ち、さらにその才能が成長する。すなわち、これが勉強の本質である、といって良いだろう。

創造的なアウトプットを勉強に活かす

創造（クリエイト）よりも単純なレベルで、アウトプットが勉強の効率を上げる要素となっていることは、既に取り上げた。

たとえば、教科書に印刷されている漢字をじっと見ても、なかなかそれを覚えることはできない。これは、インプットだからである。しかしそこで、「どうして、この漢字ができたのだろう？　何故この文字が使われたのか？」などといった疑問を持ち、それについて考えることで、その漢字を覚えやすくなる。

あるいは、単にアウトプットを自分に強制するやり方もある。最も一般的なものは、実際にその漢字を、自分の手を使って書いてみることだ。教科書を見ているだけのときよりも、ノートに写す行為によって、最低限のアウトプットが実行され、それに伴って頭脳が活動する。これも記憶の効率を高める方法といえる。学校の授業で、先生が黒板に書いた文字を写す、という動作を奨励している理由がここにある。

さらに、その漢字を、書道のように大きな紙に毛筆で書いてみたら、その漢字を頭により強く焼き付けることができる。記憶が確固たるものとなる。書道は、鉛筆でノートに書くだけの行為よりも、クリエイティブであり、また上手な文字、形の良い美しい文字を書こうとして、頭脳が活動する。単に出力するだけでなく、創造的な思考が加わっているため、より「勉強」になる、ということである。

もっと簡単な例を挙げれば、スポーツをいくら観戦しても、そのスポーツの技術は上達しない。音楽をいくら聴いても、楽器の演奏が上手くなるわけではない。インプットの量が増えても、せいぜいなれるのは評論家くらいだろう。その評論家も、評論というアウトプットをしなければ、評論の技術は上達しない。

実際にそのスポーツを楽しんでみる、実際に楽器を演奏してみる、というアウトプットによって初めて、その技法を確かに学ぶことができるし、さらには、単なる体験ではなく、実際に試合をしたり、コンサートを開いたり、あるいは作曲をしたりといった、創造的な体験を重ねなければ、その道で上達することはないし、一流にはなれないのである。

創造的な体験は教えられない

人から教えてもらえるのは、単なる体験のレベルである。技術の基本を教わることはできる。ちょっとしたルール、躰の使い方、何が良くて、何が間違っているのか、などのディテール。これらの基礎的な部分は、それぞれのジャンルで体系化され、言葉で伝達できるように整理されている。だからこそ、教えてもらうことができる。この状況が、学校というものを成立させ、教育の大部分のステップとなっている。

しかし、創造的な体験は、自分の頭の中から湧き出るもの、極めて個人的な体験であるため、外部からは、せいぜいヒント的なものしか得られない。しかも、そのヒントさえも自分が見つけるものである。「これがあなたの上達のヒントです」と教えてもらえるようなものでは基本的にない。もし外部から与えられたら、それはもう創造的ではなくなるからだ。

一対一の個人レッスンを受けるような状況が長期間継続し、個人の成長までをも見守り、その人の個性を充分に理解した指導者ならば、ヒントが幾分的確に出せる、という程度だろう。学校のように多人数を指導しなければならない先生には、まったく不可能な行為といえる。

自分を自分の先生にして学ぶ

ある個人をずっと見守っているのは、結局は本人以外にいない。つまり、もし学ぼうと思ったら、自分を先生にするしかない、という理屈になる。

自身を見守るには、自分を客観視できなければならない。自分がどう考え、どうしたいのかを常に観察する別の自分が、あなたを指導する適任者である。

自分が感情的になったときも、その冷静な先生が、あなたを落ち着かせるだろう。この先生は、周囲とあなたの関係にも目を配って、的確なアドバイスをしてくれるから、あなたは、もう周囲を気にすることはない。むやみに他者と自分を比較して、傲《おご》ったり、あるいは僻んだりする必要もない。

感情的なエネルギィは、自分の創造にぶつける。自分の感性を自分の思考に注ぎ込むことができるようになれば、創造的な「勉強」が可能になるだろう。結局は、そういった道理で、本当の勉強の楽しさが湧き上がってくるものだ、と考えられる。

繰り返そう。学びたかったら、自分を先生にすること。

例外は、初歩の段階だけ。初めだけは、他者から学べる。それは、千歩の道の最初の一歩だけだ。それくらいの割合だろう。あとは、自分の歩き方で進む。勉強とはそういうものだ。

先生の存在が勉強をつまらなくする

多くの大人が、勉強から「卒業」しているのは、学校で教えてもらった基本的なこと、その最初の一歩が勉強だと勘違いしているからである。釘打ちの例で説明したように、この期間の「勉強」はけっして楽しいものではない。

子供の頃の勉強が楽しくなかったのは、既に書いたように、自分が知りたいことではなかった、一方的に頭に入れようとした、競争に勝つことをモチベーションにした、などが原因だった。さらに、これに付け加えると、「教えられた」ものだった、という理由があった。先生（という教え手）が存在して、そこから受ける行為が勉強だったからだ。

先生（という他者）がいるからこそ、知りたいことではないものが対象となり、一方的になり、また、大人数が一緒に授業を受ける学校の形態が、競争を生じさせる。

この先生の存在が、勉強を楽しくないものにしていることは明らかだ。僕は、小学生のときに先生を嫌いになったことはなく、どの先生とも仲が良かった。先生たちを尊敬しているし、感謝もしている。しかし、子供心に、僕は先生にはなりたくなかった。本能的にその仕事を否定していたのかもしれない。

嫌な勉強から解放され良い思い出になる

学校での「勉強」が楽しくなかったから、大学生になると、ほとんどの人たちが勉強をやめてしまう。もっと楽しいことがあるし、自由にそれができる年齢になっているからだ。もちろん、就職のための勉強はしなければならない。社会人となっても、資格を取得するための勉強、昇進のための勉強は欠かせない。そういうものは、「しかたがない」ものとして捉えられている。さっさと片づけてしまいたい。合格さえすれば、あとは解放される、という虚しい「勉強」といえる。

ところが、老年になってから、また「学びたい」という欲求が強くなる傾向にある。興味のあることに絞れば、「勉強」を楽しむことができるのではないか、と考えるように変化する。

この年齢になると、精神的な自己防衛が働いてか、子供の頃の記憶は美化されている。

学校を懐かしく感じる。嫌だったことの多くは忘却され、とにかく自分は一所懸命に打ち込んだ、ということだけを思い出す。たとえ他者から強要され、いやいややらされていたとしても、その努力があったからこそ今日の自分があるのだ、という自己正当化の思考も当然働くことだろう。

　こうして、もう一度学び直したい、という気持ちが高まる。趣味の勉強は、社会が豊かになり、平和な世の中になった余裕から生まれるものだろう。博物館や美術館へ足を運び、各地の史跡を巡ったり、いろいろな教室に通う大人が増えつつある。

選択できる自由が楽しさの理由

　とても良い傾向だと思う。あんなに嫌だった勉強が好きになる、という感動も伴うだろう。それだけでも、楽しくなれるかもしれない。これは、歳を取ってから始めるスポーツでも同様である。若いときにはスポーツが嫌いだった人も多い。他者と競争するのではなく、苦しい練習をしなくても良い。純粋に躰を動かすことが楽しいし、また仲間と同じ時間を持てる点も、非常に大きなプラス要因となる。

　このように、辛かった「勉強」が楽しい体験に変化した理由として、最も大きいのは

「自分で選んだ」からである。押しつけられたものではなく、自分が好きなものを選んだ、その自由さに基本的な楽しさの元がある。

逆にいえば、学校で教わった「勉強」が、選択できないテーマだったのだ。何故、選択できなかったのだろうか？

それは、世の中に何が存在するのかをまだ知らない子供だったためだ。教育とはまず、この世に存在するいろいろなもの、あらゆる分野の知見を教える行為である。つまり、子供たちは選択したくても、何があるかを知らない。大人が、選択できるように成長したのは、いやいやでも広いジャンルを勉強したおかげなのだ。

老人が学びたい場合の注意点

また、好きだからそれを選択しよう、と思った人は、自分なりに少しは調べたり、試したりしているはずである。だから、その分野の先生を見つけたときには、既にある程度のレベルに立っている。

大人の勉強は、子供たちの勉強とは、スタート地点が違う。たとえば、少なくとも言葉が理解でき、文字が読め、受け答えができ、自分の考えが述べられる。したがって、大人を相手に教えることは、子供たちを教える学校よりも、ずっと簡単だ（同様に、小学校の授業よりも大学の講義は格段に簡単である）。しかも、教える範囲は非常に狭く、なにかを専門としている人なら、そのまま講師になれる。

大人（特に老人）相手の教室やセミナは、商売としても非常に多い。高齢化社会でもあり、需要も増している。学びたい人で溢れかえっている、と表現できるほどだ。

ところが、ここで大勢が見落としている点がある。

きっと多くの人たちが、この誤解をしているだろう。

それは、「学びたい」という気持ちを、「教えてもらいたい」と解釈してしまう間違いである。「勉強」とは、先生について教えを乞うものだ、と思い込んでいる点が、問題なのだ。そう考えてしまう人たちは、その点こそが、「勉強」が楽しくなかった理由の一つであることを忘れている。

教えてもらう姿勢は続かない

人から教えてもらおう、と考えることで、「学ぼう」という主体性の大半が失われてしまう。自分の頭で考え、自分で試し、自分で体験するという楽しみを、放棄しているようなものである。

　なんとなく、子供のときの学校のイメージがあるから、それが「勉強」というものだ、と錯覚しているのだ。そして、最初のうちは、先生から出される「宿題」なども、懐かしく感じて、ちょっと嬉しくなってしまうのである。

　おそらく、長続きしない結果になるだろう。自分の成長が感じられないため、だんだんストレスになる。教室への足は遠のく。勉強がしたかったのに、教えてもらうことが重荷になる。その重圧感から、再び、勉強嫌いになるかもしれない。ただ、自分でやり始めたことだから、と自身を奮い立たせるのだけれど、それもいずれは諦めることになるはずである。

「教えてもらう」という行為が悪いわけではない。人は一生、誰かから教えてもらう体験を続ける。人から学ぶことは、とても大切な条件だ。ただ、この人から学ぼう、と身を預けてしまう姿勢が間違っている。

「じゃあ、どうすれば良いのですか？」とおっしゃりたい方がきっといることと想像する。そのように質問する姿勢もまた、人から教えてもらいたい、他力本願といえるだろう。

自分に問い、自分に答える

ここまで書いてきたように、「勉強」は、自分で考えることが基本であり、本質なのだ。自分の頭で思考することが、すなわち「勉強」だといっても良い。したがって、どうすれば良いか、という質問には、こう答えるしかない。

「それを考えることから始めましょう」

質問をすることは、重要だ。質問が悪いわけではない。常に問うこと。何事にも疑問を持ち、何が問題であるか、自分は何がわからないのか、を認識する。ここがすべての「勉強」のスタートである。

そして、あらゆる質問に、まず自分が答えよう。つまり、自問自答しよう。

質問を考えたら、次にはその答を考える。考えることができないのなら、何故考えられないのかを考える。なにか足りない情報があるから考えられないのか。想像もできないのだろうか。間違っているか正しいか、判断がつかないからだろうか。

一般に、想像はどんな人でもできる。その人の知能、知識に合わせて、その人なりに想像ができるはずだ。したがって、質問を思いついたら、それに対して、何通りかの答を考えてみる。どんな可能性があるのかを考える。それらの可能性の中で、最も正しそうなものはどれか、とまた考える。同時に、どうして自分はそう考えたのかを考えてみよう。

勉強を楽しもう

このようにして、自分なりの考えを持つことは、正解を知ることよりもはるかに価値がある。研究者が日々していることは、これだ。なにしろ、誰も答えてくれない。誰も知らないことを自分に問う日々なのである。

自分なりの正解を持つことは、人生の喜びといっても良いだろう。何故なら、それを考えたことで、その人の思考力がいっそう高まるからだ。成長することができるからだ。

知らないことを知ることが成長ではなく、自分なりの考えを持つ能力こそが、人間の価値だといえる。勉強とは、自分の価値を高めるための行為なのだ。

だから、なにかに興味を持って、そのことについて「勉強」をしたい、と思い立ったら、それは、「知識を得たい」ではないことを自覚し、「勉強を楽しみたい」だということを自覚して、「誰かに教えてもらいたい」という無意識の甘えを振り払うことをお勧めしたい。そうすることが、「楽しさ」の基本であり、幸せの第一条件だからだ。

第6章　「覚える」と「気づく」の違い

「知っている」は「わかっている」ではない

「知る」ことと「わかる」こと、「覚える」ことと「理解する」ことが異なっている、と既に述べてきた。勉強をしたとき、子供たちは、「わかった」と言う。それは、何がわかったのだろうか？

クイズ番組を見ていると、問いに答えられない人は、「わかりません」と言う。しかし、多くの場合、それは「知りません」という意味だろう。

また、「知りません」にもいろいろな場合がある。知っていたけれど、忘れてしまったのか、あるいは、そもそも知りえなかった、すなわち、頭に入れたこともないのか。

もちろん、覚えていても、今それが問われていることではない、と勘違いする場合もあるだろう。答えられなかったあと、正解を聞いて、「ああ、それなら知っている」と思うことも頻繁にある。これは、「知らなかった」と同じではない。知り方が間違っていた、とでもいうのだろうか。

今の日本人の多くは、「知る」ことを「わかる」ことだと勘違いしているから、勉強でデータをインプットすれば、それで自分はわかった、理解した、と錯覚する。これが通用するのは、暗記力を直接問うようなテストやクイズだけであって、現実の多くの問題を解決する能力があることには、必ずしもならない。

「気づき」が求められる問題

さらには、方法を知ることが「わかった」ことでもない。

たとえば、計算方法を知っていても、数学の問題が解けない人が数多い。数式の展開方法を知っていても、問題に対して正解を導けない人がいる。これは、「知っている」し「わかっている」はずなのに、問題が解決できない例といえる。

数学の問題を解けなかった人に、正解を教えると、「ああ、そうか」と納得するだろう。「そういうことだったのか」と理解できる。答を知れば、それが正しいことも理解できる。では何故、その人には問題が解けなかったのだろう？

多くの人は、「ああ、気づかなかった」と呟《つぶや》くだろう。数学の問題の多くは、なにかに「気づく」こと、別の表現でいうと「閃《ひらめ》く」ことを要求しているからだ。

いくらデータを頭に入力し、またそれらを取り扱う方法を知っていても、いざ、問題を前にして、ちょっとしたことに気づけるかどうかが、能力の差として現れる。そういう問題がある。

ものを覚えることはできるけれど、気づくこと、閃くことは苦手だ、という人が多いように見受けられる。そういう能力は、どのような勉強をすれば養われるのだろうか？

地図を使う人間の能力

地図を持っていても目的地に辿り着くことができない人がいる。地図を読むことはできる。歩くこともできる。方角もわかっている。データもあるし、能力もあるのに、何故迷子になってしまうのだろう？

それは、自分が今どこにいるのかがわからないからだ。現在地が地図には示されていないため、地図が役に立たない。最近の端末（スマホ）に表示される地図には、現在位置が出る。自分がいる地点が中心になって地図が表示され、どちらを向いているのかもわかる。これは、地図の機能ではない。ＧＰＳという人工衛星を使ったシステムや地磁気センサが働いているためだ。

この新しい機能（知性といって良い）が登場する以前には、地図を見つめ、また周囲の風景を眺めながら、自分の現在位置を各自が考えるしかなかった。このとき、人間の頭脳が、道路や建物のパターンを認識し、地図上の図形との類似を見つけ出す、という高等な思考を展開した。これができる人とできない人がいて、それが地図を使う能力となった。そういった人間の能力の一つが、コンピュータ技術によって解決された、というわけである（この技術を考えたのは人間だが、人間全体ではなく、ごく一部の人たちである）。

地図を使う能力には、ある種の「気づき」が要求された。これが苦手な人は多かっただろう。科学技術は、このように人間の能力を支援する。逆にいえば、能力がなくても可能な行為が増えているし、その分、人間が不要になっているともいえるだろう。

数学なんか社会では役に立たない？

数学の法則を学んで、それが頭に入っていても、今解こうとしている問題に、どの法則を使えば良いのかを考える必要がある。さらに、何を使うのかがわかっていても、それをどこに使うのか、どのように使うのかにも、気づかなければならない。

そういった「気づき」の思考は、「覚える」勉強では身につかない。極端な話、数学では、覚えなければならないような知識は、ほとんどない。たとえば、名古屋大学の数学の試験には、問題に公式集が添付されている。公式を覚える必要はない、ということなのだ。

とはいえ、言葉（単語、固有名詞、年号など）を覚えることを主眼とした勉強が、今もなお続いている。これをまったく否定するつもりはない。おそらく、日本人には暗記が得意な人が多数いるのだろう。そして、日本人は多数派に同調し、一丸となることを美徳としている一方、人がばらばらでそれぞれが自由に考えることを好まない。

大学の入学試験というのは、僕が子供の頃は、前述したように五科目必須だった。理系も文系も同じである。もちろん、配点の違いはあったから、自分が得意な科目の配点が多いところを志望するのが普通だった（僕がそうしたように）。ところが、ある時期から私立大学は入試が三科目必須になった。おそらく、試験問題を作ることができる先生が不足しているのだろう。一方、入試に出ないとなれば、文系の人は数学の勉強を切り捨てることになる。

そんななかから、「数学なんか社会ではなんの役にも立たない」と言い出す人が現れる。「理系の人間は性格が暗い」と揶揄《やゆ》されるようにもなる。特にバブルの頃に、この傾向は強くなったように思う。商社が儲かる時代だったからだろうか。たしかに、彼らには数学は不要だったかもしれない。つい最近でも、どこかの政治家が、「三角関数が何の役に立つのか？」と発言して物議を醸《かも》したことがある。

苦手を排除すれば可能性が消える

自分たちが不得意なものを排除しよう、という気持ちはわかる。自身を正当化しようとする、ある種の防御反応だ。「競争」という観念に取り憑かれている結果といえるだろう。数学の競争に負けたことが許せない。だから、そんな競争自体をやめさせよう、そんな学問は不要だ、というわけである。

僕は、国語が不得意だったけれど、国語が役に立たないと思ったことはない。ただ、国語の授業がつまらない、と感じただけである。中学のときに文法や漢文をきちんと学んだおかげで、今は作家という職業で生活することができている。

得意だろうが不得意だろうが、そんなことは問題ではない。得手不得手は単に他者と比較したときの差でしかない。大事なことは、自分にとって価値があるかどうかだ。その価値を見極めるのも、また評価するのも自分であり、結果として、どう生きるのかという可能性にそれが結びつく。苦手だからと排除すれば、その方面の自分の可能性が消えるだけの話だ。

計算と発想の対比

頭の使い方には、計算的なものと、発想的なものがある。たとえば、同じ数学の試験でも、計算問題と応用問題がある。

計算問題は、数字や数式を扱う作業に集中し、直線的に前進するような活動である。この場合、問われるのは、精確さである。途中でミスをしないこと。また、計算の速さも場合によっては問題となる。通常、試験の時間は限られているから、計算速度が速いほど有利になる。

一方、応用問題は、すぐに手をつけるわけにいかない。何をどうするのかを見極めないと、計算を始めることができない。道筋が決まっているわけではないから、スタートが切れない。進む道を見つけるまでは、きょろきょろと見回し、あれか、これか、といろいろ連想する。そのうち、これかもしれない、と発想したものを試してみる。駄目な場合は、また最初から考え直す。

計算問題が、問題を見てすぐにスタートできるのに対して、応用問題はスタートが切れない。鉛筆を持った手が止まってしまう。それは、作業ではない、ということだ。

名古屋大学の数学の入試問題（だいぶ昔のことだが）については既に書いた。応用問題が五問しか出ない試験だった。同じ頃、お隣の名古屋工業大学の試験は、計算問題が沢山出題されていた。発想が得意な人材を求めるか、それともミスをせず的確に作業ができる人材を求めているか、という大学のカラーがよく表れていた。

固有名詞を知らなくても困らない

計算問題は、コンピュータが得意とするところだ。人間よりも速く、ミスもない。かつては人間に要求された能力だったが、これからは、もう人間の出る幕はない。

同じことが、文系の科目にもいえる。僕は、漢字の読み書きが大の苦手だったけれど、ちょうど大学院生だった頃にワードプロセッサが普及し、これがあっという間に進歩し、漢字変換を自動で行うようになった。また、英語のスペルも覚えられなかったけれど、今はコンピュータがスペルチェックをしてくれる。それどころか、文法のミスも指摘してくれるようになった。

僕は、固有名詞を記憶できない、と書いた。これは、今でもまったく改善されていない。だから、僕の著作には、滅多に固有名詞が登場しない。自分が書いた小説の登場人物でさえ、ほとんど覚えられないくらいだ。

固有名詞を覚えていなくても、そのものを知っている場合、ネットでキーワード検索をすれば、すぐに目的の固有名詞にヒットする。こんなもの、こんな感じのもの、たしか、こんなエピソードがあった、これに関連しているはず、というような曖昧な情報でも、そのものずばりの言葉や固有名詞をたちまち教えてくれる。

だから、執筆するときには、同じモニタに検索のためのウィンドウを開いておけば良い。これまで、目的の名前が見つからず、困ったことは一度もない。

僕は、名前という固有名詞を覚えられないだけで、そのものについては、ある程度の知識を持っている。僕は、歴史の本が大好きで、よく読んでいる。社会学も経済学も、よく本を読む。そこに出てくる固有名詞を覚えないから、人には話せないし、クイズにも答えられない。つまり、他者に「知っていますよ」と自慢できるようなことは一切ない。でも、作家になって不自由したことはない。

知識ではなく、教養を持つこと

多くの人は、イギリスという国名を知っている。ロンドンという都市の名前も知っているだろう。しかし、イギリスの地図を見せられたとき、ロンドンがどの辺りに位置するのか答えられるだろうか？

イギリスでなくても良い。日本の都道府県名を聞いて、その県の形をだいたいでも描けるだろうか。県庁所在地の名前は答えられても、その位置を答えられる人は少ないはずだ。つまり、「知っている」と思い込んでいるものも、実はせいぜい名前がいえるだけであって、本当に知識を持っているわけではない、ということを自覚した方が良い。

これが、ソクラテスの「無知の知」でもある。知らないことを知っていることが、本当の知性というものなのだ（たしか、孔子も同じようなことを言っていた気がするが、検索していない）。

鳥の名を尋ねた娘に、「その名を知っていても、鳥を知っていることにはならない」と答えた父親の話も有名である。つまり、鳥の名というのは、その限られた地域で人間が呼んでいる名称にすぎない。鳥には無関係のものであり、鳥が飛んでいった先では、また違う名前で呼ばれているだろう。名前なんて、その程度のものであり、それは本当の知識ではない。それよりも、どのようにして鳥が飛ぶのかや、鳥の習性などを知ることで、少しずつその鳥のことが理解できる。そういった知識は、どこへ行っても通用するし、ほかの鳥にも応用ができ、さらに広がりを持った有用な教養になる。父が娘に教えたかったのは、そんな知識の広がりだったのかもしれない。教養こそが、その人の生活を豊かにするだろう。

知識と教養はどう違う？

以前に別の本で書いたことだが、「知識」と「教養」の違いに少し触れておこう。知識があることが教養ではない。

知識というのは、お金でいうと「持ち合わせ」のことである。今、ポケットに入っている金額が、その人の知識だ。すぐに出せるし、その場で使うことができる。人に奢ることができるのは、持ち合わせがあるときだ。

教養というのは、お金でいうと、「資産」に近い意味になる。いつも持って歩いているわけではないし、また現金ではない別の形態になっている場合もある。だから、その場ですぐに使えるものではない。

しかし、資産はその人がどのような生き方をするかを決めるし、なにか大きな決断をするときに影響するだろう。資産のある人は、より多くの可能性を持っていて、自由な選択ができる。また、余裕を持った生き方ができるから、多くの方面に興味を持ち、他者に対しても優しくなれるだろう。

あまり良い例ではなかった。お金は減るが、知識や教養は、滅多に減ることはない。よほど頭脳が老化しないかぎり。

講義では質問をさせていた

僕は、大学の講義で、期末試験を行わなかった。まず、建築材料などの講義では、もし問題を作るとしたら、記憶した知識を問うものになる。そうなると、学生は単語を覚えるだけになるだろう。それよりは、教科書やノートを持ち込み可として、問題に答えさせる方が意味がある。実社会において、そういった参考書はいつでも見ることができるのだから、わざわざ頭に入れる必要はない。

ただ、これをすると、質問に対する解答が、全員同じものになる。単語を尋ねているわけではなく、理由や理屈を答えさせても、ほぼ全員が同じ文面で答えてくる。つまり、同じ教科書を参考にしているからだ。

大学入試で小論文の採点を担当したときにも同じことを感じた。小論文のテーマは、環境問題や社会問題など、近年話題になったテーマが出題されるため、予備校などで対策をし、模範解答を大勢が暗記してくる。大学側も奇抜な問題は出しにくいので、ほぼ期待どおりの出題をする。結果として、八割くらいの人がほとんど同じ文章を書いてくる。これでは、まったく学力の評価ができない。試験として機能していないのではないか、と僕は感じた（もっとも、そういった準備をしてきたかどうか、という姿勢を評価することはでき、それで充分だとの考えもあるだろう）。

担当した講義では、最初のうちは試験を行っていたが、講義の時間中に、全員に質問をさせることにした。それぞれに質問させると時間がかかるから、小さな紙切れに質問を書かせ、それを回収する。質問は、せいぜい五十文字か百文字程度である。

この場合も、最初はみんなが同じ質問をしてくる傾向があった。次回の講義で、それらの代表的な質問に答えたし、良い質問をピックアップして答えたりしていた。

質問で成績をつけられるようになる

そのうち、全員の質問をワープロで打って、それぞれへの回答と併せてプリントし配布することにした。誰がどんな質問をしたのか、全員に知られることになる（もちろん、プリントすると事前にアナウンスをするから、恥ずかしいことは書くな、と注意した）。

こうすると、途端に他者の目を意識してか、質問内容を多くの学生が真剣に考えるようになった。同じような質問が多いと、自分の凡庸さが自覚される。なにか良い質問はないか、しかも講義に関する重要な点でなければならない。たった一行の質問をするために、講義をよく聴く結果にもなる。

最終的には、試験をやめて、僕はこの質問で成績をつけることにした。これは重要なポイントである。すなわち、どう答えるのかではなく、何を問うかで、その人間の理解度を測ることができると気づいたからだ。

良い質問をするためには、講義の内容を理解し、それまでの知識が頭の中で整理されている必要がある。毎回の質問、つまり十問くらいの質問の内容で、的確にその学生の理解度を評価することができた。

どう答えるかよりも何を問うか

知合いから、大手企業の人事部にいたとき、学生の面接でどこを見ていたか、という話を聞いたことがある。面接のときには、学生に質問をして、それに答えさせるのが普通だ。その人は、そういった質問のあとに、「なにか、疑問点などはありますか？」と学生に尋ねるという。そして、その質問の内容で評価点をつけるのが一番的確だ、と語っていた。

つまり、質問に答えることなら、誰もが同じような回答をする。準備をしてきたことをすらすらと答える。だが、何を問うのかは、その場のやり取りに関するものであり、どこを尋ねるのか、という着眼や個性、あるいはその学生の志向を見ることができる。これは、僕が講義で取り入れたのと同じやり方である。

質疑応答というのは、いろいろな場面で見ることができる。国会でも行われているし、学会の発表でもある。そういうときに、多くの人は、どう答えるのかに注目しているようだが、僕はそれよりも、どんな質問をするかを見るようにしている。

答えることよりも問うことの方が、ずっと難しく、またその人間の能力が試されているのは確実だ。国会中継でも、「馬鹿な質問をしているな」と思うことが多いのでは?

おそらく、質問する側は、自分が試されているとは認識していないから、ますます無防備になる。だから地が出やすく、その人物を見極めやすい。

勉強でも、これはまったく同じだ。答えることばかり考えている人は、問うことをしない。先生に質問できるのは、勉強をしてきた者だけだ。勉強しても、理解をしていても、まだわからないこと、知りたいことがあるから、質問をする。そのレベルまで達することが、勉強の目的なのだから、問題集を解いて、お終《しま》いではない。

自分で問題を作ってみてはどうだろうか。問題集を作るのは時間がかかる。一問か二問でも良い。適切な問題を考えられるか、ということがポイントとなる。だから、試験勉強の一環として、友達と問題を出し合うようなことは、非常に有益で、それこそ「勉強」になるだろう。

友達が、あなたの作った問題を解けなければ、解説をしなければならない。これは、教わるよりも教える方が勉強になる、という理屈にも通じる。

「思う」と「考える」と「気づく」

問題を作る場合にはまず、ここが間違いやすい、ここが発想できない、という部分を見つける作業が必要になる。そこで求められるのは、やはり「発想」だ。

「気づき」も発想であるし、また「着眼」や、「思いつき」なども、同じような行為を表している。「思う」ことと、「気づく」ことは、どのように違うのだろうか？　また、勉強によって、「わかる」ことと、「気づく」ことがあるが、その差は何か？

「思う」とは、外部からの入力に反応して、頭の中で、なんらかの像のようなものを映し出すことである。それは、言葉であったり、音であったり、あるいは映像であったりする。また、自身の過去の体験に反応する場合もある。そのときは頭の中の収納庫から、やはりなにかの像を取り出すことになる。これは「思い浮かべる」というように、その概念を浮上させるような感覚だ。

さらに、それについて「考える」となると、その像について加工をしたり、詳細に観察したり、複数の像を使って新しいものを作り出したり、といった行為になる。

「思う」は、最初に浮かべる像であり、「考える」は、それに作用が伴う。これら両者を合わせて「思考」という行為になる。

この「思考」の過程で、ふと別のものとの関連が生じることがあって、突然、別のところから浮かび上がってくるものがある。これを「気づく」と表現している。「気づき」というのは、思ったり、考えたりしているうちに、ちょっとしたジャンプのようなものがあって、少し離れたところのものとリンクさせる行為のようだ。

「思う」とは反応であり、「感じる」に近い。「考える」は、思うだけではなく、既にある情報から、自分の「思い」を展開すること。これは、計算であったり、データの加工、組み立てであったり、論理的な推考であったりする。

　これに対して、「気づき」は、ある像について「思う」ときに、予期しないところから湧き上がる別の「思い」があり、それらを関連づけることをいう。だから、「気づく」ためには、あらかじめ、それにリンクするデータを持っていなければならない。その関連が近いものなら気づきやすく、誰にでも可能だが、非常に遠いものとの関連に気づくと、「それは特別な才能だ」と周囲が評価することになる。

気づく才能は勉強で育まれるか?

「よく考えたね」という褒め言葉は、努力を称賛している。その労力や消費した時間などが称賛に値する場合に使われる。逆にいえば、労力と時間さえかければ、誰にでも再現できるものだ。

「よく思いついたね」という褒め言葉は、労力や時間を称賛しているのではない。これは、その発想の素晴らしさを褒めている。そして、この場合は逆に、労力や時間が少ないほど、素晴らしいと人々は感心する。「普通ではちょっと思いつけない」ような発想があって、それを可能にするのは、個人の「才能」だと認識されている。

「覚える」とは、頭の中に入れる行為であり、それを「思う」だけだ。「忘れないようにしよう」と「思って」も、忘れるかもしれない。だから、記憶したかったら、何度も思い浮かべるしかない。本当に覚えたか、と再三試してみても、時間が経つと忘れてしまうだろう。

　このような「覚える」ことが勉強の基本になっていることは、既に述べたとおりであり、また一般的に多くの人が、勉強とは覚えることだ、と認識しているはずである。

　たしかに、これまではそうだったかもしれない。しかし、未来のことを考えると、いつまでも「人間のやることだろうか」と思えてしまう。

「覚える」勉強をしているときに、数々の「気づき」があることは事実なので、その意味では、無駄ではない。小さな「気づき」を体験することで、だんだん大きな「気づき」ができる頭になるようにも思える。否、これは単なる想像で、そんなことはないのかもしれない。つまり、気づける頭は先天性のものであり、発想は天才のものだ、という意見もあることだろう。

不可欠な一パーセントのインスピレーション

エジソンが語ったという「天才とは、一パーセントの閃きと九十九パーセントの努力である」という有名な言葉がある。天才が一瞬で発想をしても、それを役に立つレベルまで成熟させるためには、その九十九倍の努力が必要だ、という意味だろう。つまり、エジソンが言いたかったのは、閃きだけでは成功しない。アイデアを思いついたって、それを試し、実用化するまでには、多くの労力と時間が必要なのだ、ということだろう。

だが、この「努力」の部分は、天才自身ではなく、周囲の凡人の労働でも充分である。たとえば、なにかを開発して商品化する企業なら、努力をする人材は大勢揃っているはずだ。それに比べて、発想ができる人は多くはない。

時間的には一瞬であって、傍から見ていると労力もかかっていないように見えるのが、「発想」である。なにしろ、無から生じるようなものだから、予期せぬときに突然訪れる。しかし、この一パーセントがなければ、その後の努力もできない。また、努力ばかり重ねていても、一パーセントの発想が生まれなければ、平凡な結果に終わってしまい、大きな成功は望めない。

今でいえば、一パーセントは、人間が担当し、残りの九十九パーセントは、機械やコンピュータがしてくれる、といったところだろうか。

それくらい、人間にとって大事な才能が、この「発想」する力なのだ。

発想するためには考え続けること

この発想力は、何度も述べたように、数学の応用問題で必要とされる学力である。しかし、どうすればその力がつくのか、指導はしてもらえない。もちろん、数学の教科書にも、発想のし方については一言も書かれていない。参考書では、「ヒント」として書かれていることがあるけれど、その「ヒント」を自分で思いつけるかどうかが、つまり発想力なのである。

こんなに大事なものなのに、どう勉強すれば良いのかわからない。勉強のしようがない。だから、発想ができない大多数の人に嫌われているのが「数学」なのだ。

僕は、研究室の学生や大学院生たちに、研究には発想が必要だ、とは教えたけれど、もちろんその具体的な方法は教えられなかった。そんな方法は存在しないからだ。せいぜい、「考え続けることが必要だ」、というくらいしか言えない。僕が学生のときに指導を受けた先生も、ほぼ同じことをおっしゃっていた。

考え続けるだけでは発想はできないけれど、考え続けることは、たしかにベースとなっている。考え続けて、ふと別のことをしているときなどに、思いつくことが多かった。四六時中考えて、考えて、考え抜いたあと、リラックスする機会に発想するのだ。この方法は非常に抽象的だが、まさにそういった感覚なので、正直に書いている。

これは、算数や数学でも、きっと同じことだろう。

算数や数学の応用問題が難しい、と感じるのは、すぐに計算ができないという点にある。そのとき、子供たちは、何をして良いのかわからなくなる。

このように、どうしよう、と迷っている子供を、今の大人たちは放っておかない。「どうしたの？」「何がわからないの？」と寄り添ってしまうはずだ。だが実は、この「わからない」「迷っている」という状態をいかに長く体験させるかが、「勉強」なのである。僕の経験では、とにかく考え続けているうちに、ふと思いつくものがあったからだ。

発想力は幸運を呼び寄せる能力か？

なにか思いついたら、それを試してみる。もちろん、思いつきが間違っていることも多いから、「やっぱり駄目か」となることがほとんどだが、そのうちに、なんとなく正解に行き着くことがある。そのときは「ラッキィ！」と嬉しくなる。

幸運というのは、自分の実力ではない。やろうと思ってできたわけではない。なんだか、神様が導いてくれたように感じる。人によっては、お守りのおかげだと感じるかもしれない。

しかし、「わからない」と悶々としている間に、頭は考えている。必死になって、探しているのだ。それは、言葉にはならない活動だから、当然ながら説明ができない。問題を解いたときにも、ただ幸運だった、と感じてしまう。

だが、これが人の能力であることはまちがいない。神様が助けたわけでもなく、また幸運でもない。なにしろ、数学ができる子供は、だいたいいつも良い点を取る。つまり、何度も幸運を呼び寄せる能力を持っているのだ。

そして、この「わからない」という時間を経験すること以外に、その能力を高める方法はない。いろいろテクニック的なことを教える向きもあるけれど、それは一部のお決まりの型に嵌った問題に限られる。未知のものを解決する能力は「技術」ではない。人間の「発想力」なのである。

発想できない子供を試験が作る

残念なことに、テストや入試には、制限時間がある。いつまでも考え続けるわけにはいかない。「わからない」と悩んでいる暇はない。だから、子供たちは早い段階で諦めてしまうのである。個人差があるとすれば、発想するまでの時間かもしれないのに、じっと待ってはくれない。

どんな子供も、走ることができる。でも、競争をすれば、速い子と遅い子の差が明らかとなる。そうなると、遅い子は走らなくなる。どうせ負けるのだから疲れるだけ損だ、と考えてしまうだろう。これと同じように、多くの子供たちが、算数や数学から脱落する結果となる。走る速さなんて、数秒の違いだ。発想の速さも、それほど大きな差はないかもしれないのに、これを「できる」と「できない」に分けてしまうのが、試験であり、競争という「他者との比較」なのである。

なぞなぞでもクイズでも、少しだけ考えて、わからなければ答を教えてしまう。一日中考えるようなことはまずない。問題だけを出して、ずっと何日も考えさせてみてはいかがだろうか。

子供のときから、考える癖をつけることが良い教育のように、僕は考えている。謎を謎のまま幾つも抱えて、ときどき思い出す。そのうちに、あるときふと正解を思いつくことがあるだろう。そういう幸運な体験を、子供にはさせてやりたい。

さまざまな人材を育てる必要がある

人が生きていくためには、この「発想」がどれほど大事だろうか？

実際の社会では、少数が「発想」すれば、その恩恵を大勢が享受できる仕組みができている。ただ、発想した少数に、富が集中するのも資本主義の仕組みではあるから、富の差、損得の差は生じるかもしれない。しかし、現在の社会を見回してみれば、今では多くの人たちがそこそこの生活をしているし、それぞれ自分たちの好きなことをしているように見える。

発想を努力で補うことも充分に可能だし、テストのようなシビアな時間制限は、実際の仕事にはない。それよりも、一番の損は、自分には「できない」と諦めてしまい、離脱してしまった場合だろう。若い頃の短い期間で、そういった思考を諦めてしまった人は、自分の能力の半分くらいを捨てたようなものだ。

覚えられる子を大勢救うために、気づける子を排除してしまうようなことがあってはならないだろう。人類の未来のためには、さまざまな才能を持った人材を育てることが大切である。教育という行為が、人間をフルイにかけ、均質な才能だけを拾い上げる装置になっていないか、その点にいつも注意を払う必要があるだろう。

みんなが人並みになりたい社会

子供の発想力というのは、ときに感心するほど鋭いものがある。特に、幼い子供ほどこの才能が顕著なのではないか、と思える。

学校の集団教育では、みんなで同じことをしなさい、と教えられるし、学校以外でも、大人から価値観を押しつけられる場面が数多い。親は、自分の子供が仲間外れになってほしくない、と願っていて、大勢と一緒に遊ぶように促す。一人だけ違う遊びをしていると心配になるものだ。

ネットが発達したことで、他者との関わりが密接になり、子供も若者も、そして大人も、一人でいる時間が少なくなっているように見受けられる。他者がどう行動するか、みんなはどう感じるのか、と周囲を見回してから、自分の行動や発言を考えるようになった。「つながりたい」症候群とでもいうのだろうか。まるで、大勢でつながることだけが「楽しさ」だと考えているみたいでもある。これは、急速に個人化した社会の反動なのかもしれない。大勢が画一的で平均的な人間になりたがり、似たような意見ばかりを口にする社会になったように観察される。

それが悪いとはいわない。親は自分の子供に「人並み」になってもらいたい、と願っている。多くの人が、自分が「人並み」になれれば良い、と考えている。こんな環境では、みんなが「人並み」になるのが自然だろう。

抜きんでた才能というのは、そんな環境では育ちにくい、と僕は感じている。

いかがだろうか?

第7章 本当の勉強はとんでもなく楽しい

子供も老人も勉強するようになった

最近の小学生は、本当によく勉強するようだ。昔の子供に比べて、勉強する環境が断然整っている。自分の部屋があるし、勉強机も専用のものが用意されている。参考書や問題集、それにタブレットなどの教育機器も発達し、なにより、そういうものをちゃんと買ってもらえる家庭が増えた。僕が子供の頃には、ノートなどの文房具だって、自分のお小遣いで買うという子供がいた。誕生日のプレゼントに筆箱を買ってもらった、という話をよく聞いたものである。

最近の老人も、本当に熱心に勉強するようになった。自分も老人になったから、老人の知合いも必然的に増えているわけだが、たいていなにか習い事をしている。スポーツだったり、芸術関係、芸能関係だったり、ジャンルはさまざまだが、週に何回と、まるで塾に通うような具合である。

寿命が延び、八十代以上でも元気に歩き回る人が増えた。大変けっこうなことだが、躰が丈夫でも、頭が弱ってくるのを多くの人が恐れているようだ。「認知症」という新しい病名も広まった。

躰は使わないと衰えるという。だから、高齢になっても運動することが推奨されている。この理屈は、なんとなく理解できる。運動しないと、筋肉が衰えるし、骨や関節などにも影響があるのだろう。機械も、使わないと調子が悪くなるものだ。オイルが固着したり、配管が詰まったりするためである。

積極的に活動する老人たち

体力と運動の理屈から、頭脳も使った方が認知症になりにくい、という話をよく耳にする。これが本当かどうかは、確かめようがない。統計的な調査はできるけれど、その統計に自分が一致するかはまた別問題である。生きものというのは、それぞれ微妙に違っていて、機械のようにすべて同じとはいかないからだ。

それでも、高齢になっても現役の人たちが現に大勢いらっしゃる。たとえば、芸術家は引退するようなことがないから、八十、九十代でも創作活動を精力的に続けている人が多い。小説家も、高齢の作家がつぎつぎと新作を発表している。

僕の身近では、模型関係に高齢者が非常に多い。模型飛行機や鉄道模型を楽しんでいる趣味人は、七十代は若手と呼ばれるほどだ。先日、日本で一番古くから出版されている鉄道模型の雑誌『鉄道模型趣味』の編集長が亡くなったけれど、九十代だった。亡くなる数カ月まえまで現役だった。僕の庭園鉄道に何度も遊びにこられた方の中にも、九十代になっても模型を作り続けている人が何人もいらっしゃった。こういう会合があると、僕はたいてい最年少である。六十代なんて初心者なのだ。

「ぼけないように勉強をしている」という話を老人たちから何度も聞いている。文化教室みたいなところへ通っているらしい。『源氏物語』を一緒に読む、というものもあった。俳句、短歌なども流行しているらしい。また、コンピュータの勉強を始めた、という老人もいる（これは、パソコンの使い方、あるいはエクセルなど特定のソフトの使い方だろう）。また、ときどきニュースになるのは、高校に入り直したり、大学生になったりした老人である。特に年齢制限はないようだから、特別なことではないと思うのだが、それでも珍しいからニュースで取り上げられるのだろう。

あまり聞かないのは、老人の数学教室や、老人の物理学講座などである。需要がないからだろうか。化学実験などは面白そうだと思うし、生物学や天文学くらいだったら、ありそうに思えるのだが、いかがだろうか？

TVを見るように先生の話を聴く

ただ、教室で先生の話を聴くという講義方式のものでは、やはり眠気に勝てない高齢者が多いことと想像する。やる気はあっても、眠くなってしまう。多くの老人は、早起きして、午前中はまあまあ元気なのだが、午後になると、もうなにもできなくなる。そういう人が多い。それなのに、ほとんどの教室は、講師の先生の都合なのか、午後や夜間に開催される。この条件も、眠気を助長させるだろう。

こういった場合でも、「勉強」は教室で先生の話を聴くもの、という固定観念がある。これまで述べてきたように、インプットは眠くなるものだし、眠くなるということは、頭脳が活性化していない証拠だから、これでは認知症の進行を止める効果があるのか、と疑わしい。結局、TVをぼんやり見ているのと同じではないか。

TVをずっと見て、笑ったり、頷いたりという反応をしている老人は多いはずだ。そういうタイプの人が認知症を患うようだ、という話も幾つか聞いている。僕の知合いの範囲(非常に狭いが)では、この傾向が顕著である。模型を作っている老人と比較すると、十年くらい差があるのではないか、という印象を持っている。

TVを見るのは、教室で先生の話を聴くのと、あまり変わらない。反応はしても、考えることがないからだ。「考える」→「勉強」→「授業を受ける」と単純に結びつけてしまうと、この間違いに陥る。文化教室に通っても、先生の話を聴くだけでは、頭は考えない、頭は回っていない、ということ。眠くなるのは健康的なのかもしれないけれど、それは躰を休めるという意味で健康的なだけで、頭の健康の話ではない。

老人になると、ほとんど考えないようになる

一番誤解されているのは、「考える」という行為である。

やはりほとんどの老人が、「思い浮かべる」や「思い出す」、あるいは「覚える」くらいの行為を「考える」だと認識している。これらは、全然考えていない。

また、友達とおしゃべりする場合も、ほとんど考えてはいない。特に、相手の話に相槌を打っているだけの人が多いし、また、自分が話すにしても、ＴＶで見たこと、誰かから聞いたことを、そのままコピィしてアウトプットしているだけだ。自分なりの簡単な「感想」として、「ちょっとねぇ」くらいの曖昧なコメントが付け加えられる程度。これらは、すべて「反応」である。

老人になると、これまで積み重ねてきた経験があるため、ほとんどの事象に対して、反

応のし方が既に決まっている。この場合はこう、こういうときはこんなふうに、と自分の行動がほぼ決定していて、迷うことがない。

迷わないのは、考えていないからである。考えていないから、頭が固くなり、認知症が進行する、という結果になるのではないか。

これに対して、模型を作っている老人は、次は何を作ろうか、どんなふうに作れば良いか、なにか新しいことをやって仲間を驚かせてやろう、というように考えている。だからこそ、九十代になっても作り続けることができる。

老人になっても頭を使うことの基本は、やはり自分が「楽しい」と感じる対象を素直に実行することだ、と僕は思う。ただ、ＴＶの前に座ってぼんやりしていることが「楽しみ」だとおっしゃる方もいて、それはそれでしかたがないのではないか、としか返答できない。ぼんやりとしたいから認知症になるのでは？

矍鑠《かくしゃく》とした人ほど死ぬ話をする

面白いのは、模型を作り続けている高齢者は、口を揃えて「もうすぐ死ぬからね。もういつ死んでもおかしくない」と笑っておっしゃることである。逆に、ＴＶを見るだけという老人、特に趣味がなく、なにも楽しみがない、という老人は、病気になることを恐れていて、病院へは頻繁に通っている。死ぬのが怖い、とおっしゃるのである。死を連想させるような話になると、「縁起でもない」と眉《まゆ》を顰《ひそ》められる。

念のために書いておくが、これは一般論ではない。僕が知っている範囲の話をしている。僕のつき合いは偏っているから、世間の傾向と必ずしも一致しないかもしれない。
ただ、こんな傾向があるね、と話をすると、ほとんどの方が、「そうそう」と同意される。まあ、それも知合いの範囲内のことだから、なんともいえないけれど……。

画家や小説家で長寿の人からは、年齢からは想像もできないほどのパワーを感じられる。創作に対して極めて精力的だ。歩くことがままならなくなっても、頭はしっかりしているようだ。だいたい、多くの方が「目が悪くて困る」とおっしゃる。それから、座って仕事を続けるから、腰が悪い人の割合も多い。なかなかすぐに立ち上がれない。

これは、模型人でも同様で、僕の庭園鉄道に乗りにこられる長老は、機関車の後ろのトレーラに腰掛けるまでが大変である。周囲の人が手助けをしないとできない。でも、座ったあとは、もう元気いっぱい。満面に笑みを浮かべて運転されている。

最初が最も大変で、楽しい

芸術も模型も、創造的な行為であり、頭が新しいものを産み出そうと「考える」点で共通している。また、そのために常に、新しい情報を取り入れようと「勉強」している。おそらく、このあたりが「頭の健康」に良い効果をもたらすのだろう。

念のために書いておくが、「創作」というのは、「新しい」ものを作り出す行為である。つまり、説明書に従ってキットを組み立てる、というのは創作ではない。何を作るのかから自分の頭で考え、どう作るのかも自分で考えるから「創作」なのだ。

創作は、たとえば小学校ではほとんど教えてもらえない、つまり「勉強」の中に入っていなかった行為だ。例外として、作文や図工があるかもしれないが、このいずれも、課題が与えられ、何を作るかを考えさせていない。

「勉強」において、この「何に着眼するか」という最初のスタートが、最もエキサイティングであり、そこを考えることが、とても楽しく、わくわくする時間といえる。

ものを作ると、作る過程の随所で問題にぶつかり、その場での発想が必要だが、やはり、最初が最も大変であり、最も楽しい。早く今の作品を仕上げて、次が作りたくなるのも、この楽しさのためである。

逆に、その一番大事なところを大人が与えてしまうから、子供たちの「勉強」はつまらないものになってしまうのだ。一番の楽しみを取り上げているわけである。

何がしたいのか自分でもわからない人たち

この「何をするか」を考えられない人が、今は多いみたいである。子供の頃からずっとそれを考える機会がなかったし、また大人になっても、仕事をつぎつぎと与えられ、何をすれば良いのかを考える暇もなかった。だから、「何をしようか」と考えることに慣れていない。「何がしたいのか」もわからなくなっているのだ。

こういう人は、休みの日にも、何をして良いのかわからない。だから、人に聞いたり、ＴＶを見たりするなど、たまたま自分の近くにあるものに寄っていくことになる。そういう人がイベントなどに集まっていたり、（作られ、宣伝された）人気のものにできた行列に並ぶのである。

仕事を引退し、老人になったときにも、何をすれば良いのかわからない。それを考えることが楽しみだ、とは感じない。その楽しさを感じるセンサが、既に退化しているのだろう。

自分の楽しみなのに、どうすれば良いのか考えられない。それで、周囲を眺めて、できそうなものから選んでしまう。これは、ウィンドウショッピングと同じだ。何が買いたいのかわからないけれど、商品として並んでいるものの中から、つい選んでしまう。

自分で楽しみを作れない人たち

自分は何がしたいのか、がわからない人が本当に大勢いる。ネットを眺めていると、それがよくわかる。そういう人たちを誘い込もうとする商売もまた多い。「これで楽しめますよ」と誘っている。

自分が何をしたいのかを知らない人は、自分で楽しみを作れない。作れるなんて、考えてもいない。楽しみは、どこか自分以外のところにあるはず、ときょろきょろと探している。楽しみは、本来その人の中から生まれるものなのに、外部に用意されているものだと勘違いして、探しているのだ。

どこかにあるはずだ、と探し続けるうちに、宣伝に引っ掛かり、釣り上げられる。そこで、ちょっとした楽しみに高額を支払い、それが人生の楽しみだ、と思い込んでしまう。本当の楽しみを知っている者から見ると、なんとももったいない話だ、と感じられるのである。

もっとも、他者のことは自分には関係がない、と「楽しみ」を知っている人たちは考えている。だから、むやみに人を誘ったりしない。自分と同じ趣味に他者を勧誘しようとする人は、本当の「楽しみ」を知らない人であり、大勢の仲間ができないと「楽しく」ならない、と考えている。

この「他者」には家族も含まれる。楽しいことは家族で一緒にやろう、と考えている人がとても多い。特に、子供たちを巻き込もうとする。大人の価値観を押しつける行為であり、子供の自由を奪っているという自覚がない。

本当の楽しさは個人的なもの

「勉強」が人それぞれのものであるように、「楽しみ」も個人的なものである。大勢がいるから楽しいのではない。自分一人でも楽しくてしかたがない。そういう楽しさを知らない人がいる、というだけである。

一人で楽しめる人は、人を誘わないし、誰かに楽しさを理解してもらおうとも考えないから、必然的にそういった事情が広まらない。広める必要もない。

逆に、人が大勢いないと楽しめない人たちは、なにかと「連《つる》む」ことになる。このとき、他者を誘わなければならず、同じ価値観の人ならば良いけれど、そうでないと迷惑極まりない。

この頃、こういった「つき合い」に疲れた人、はっきりとストレスを感じると訴える人が増えてきた。職場のパワハラなども、これがベースとなっていそうだ。しだいに、緩和される方向にはあるけれど、上の年代ほど理解が及ばない（つまり、人の和が楽しさの根元だと信じている）ため、トラブルになるようである。

「勉強」が楽しいというのは、あくまでも個人的な楽しさであり、大勢で「勉強会」をして楽しもう、という方向性ではない。それは勉強の楽しさとは次元が違う。

「個人研究」のすすめ

ということで、老人に特におすすめの「勉強」は、個人研究である。

普通の勉強は、既にある知見を学ぶことだ。これは、社会で役に立つものが多い。役に立つものほど、一般的に知識が広く公開されているから、学ぶ環境が整っている。したがって、書籍を繙《ひもと》いたり、あるいはネットで調べたりできる。

一方、研究というのは、世の中に存在しない知見を得る行為である。これを個人で行おうというわけだから、普通の人にはハードルが高い。研究するためには、まずその分野の専門家にならなければならない。既往の知見を網羅して学ぶ必要がある。そのうえで、不明な部分を自分で見つけ、その問題を解決しようとする挑戦が「研究」である。ちょっと考えただけで、尻込みする人が多いことだろう。

そこまで本格的なものでなくても良い。だから「個人研究」と呼んでいる。「趣味(hobby)」に近い行為だと考えていただいてけっこうだ。

役に立つことは、既に誰かが研究している。特に、なにかを開発して、それで利益が得られるようなものは、それを仕事にしている人たちが大勢いる。今からスタートしても太《た》刀《ち》打《う》ちできないだろう。

そうではなく、本当にどうでも良いこと、小さなこと、誰も目を向けないようなことをテーマにして、徹底的に調べたり、あるいは試したりする、というのが個人研究である。

どんなにつまらないことでも、真剣に取り組んでいるうちに、沢山の課題が見えてくる。また、新しい視点に気づいたり、さらには別のテーマにシフトすることもあるだろう。

誰かに指示されて始めるわけではなく、自分で考え、とにかくなにかをやってみること。

そのとき、「何をしようか」と考えることも、既に研究の始まりだ。じっくりと時間をかけて考えてもらいたい。

研究は最初は秘密裏に

ここで大事なのは、しばらく人に話さないことである。あくまでも、自分一人の活動として、日々少しずつ進めるのがよろしい。記録は残した方が良いけれど、ネットなどでの公開は控えよう。少なくとも一年か二年は黙って、秘密裏に進めることをおすすめする。何故なら、その沈黙の期間に、あなたはきっと自分だけの「楽しさ」を見つけることができるからだ。

公開すると、たちまち他者を意識したものになるし、また反響があることで、自分の動機が濁《にご》ってくるだろう。人のために、という部分が出てくると、目的を見失うことになりかねない。

まずは、自分の楽しみを見つける方が先決で、それが確固たるものになってからならば、公開しても大丈夫だと思われる。

今は、ネットで簡単に世界中に向けて発信できる。そうすることで、近いテーマの人からヒントをもらうこともあるかもしれない。また、場合によっては誰かから非難を受けることもあるかもしれない。そういう場合にも、自分の楽しみを知っていれば、影響を受けない。それが確立するまえに、他者からの意見をもらうことは、無駄な感情に惑わされるだけで、あなた自身にメリットがない。

このような、自分の楽しみを見つけることが「勉強」といえる。これが本来の「勉強」である。

個人研究は、あくまでもアウトプットだ。考えることは、頭脳を働かせる活動である。ここを間違えないでもらいたい。本を読むだけでは駄目で、それを考え、分析し、発展させたり、試したりする行為が必要なのだ。

創作の勉強について

「研究」と呼びにくいもので、「創作」の形を取る場合もあるだろう。たとえば、「面白いミステリィ」を研究しようと思ったら、そういう小説を書くことが研究になる。既にある作品を読んで、評価するだけでは研究ではない。理屈を構築し評論を行うレベルになれば、多少は研究に近づくが、それよりも一作ミステリィを書いてみる方が、よほど「研究」らしいし、また良い「勉強」にもなるだろう。

小説の執筆は、極めてマイナであることは確実だが、意外に多くの人たちが「趣味」としているようだ。そんななかには、デビューをしてプロの小説家になりたい人もいる。その多くは、ネットで自作を公開し、読者の反響を気にしているようだ。そういったことも「勉強」かもしれない。ただ、それは「小説の勉強」ではなく、「小説家の勉強」だろう。

小説を書くことが楽しいのなら、小説を書く。小説家になることが楽しみなら、小説家に似た活動をする。そういう理屈である。どちらも、その人の欲求を実現しているだろう。

僕の場合、このどちらにも興味がなかった。小説を書くことが趣味でもなかったし（事実一作も書いた経験がなかった）、小説家になりたかったわけでもない（現在は仕事だから文章を書いている。趣味ではない）。

どちらが、小説家に向いているかといえば、もちろん、「小説の勉強」をしている人たちだ。実際にデビューした作家というのは、デビューまえにネットや同人誌で作品を発表していたり、同人活動をしていた人は、比較的少ない。プロになる人というのは、いきなりプロになる。

研究者の動機は個人的好奇心

研究者の話もしておこう。

研究者というのは、仕事の一つである。ただ、「勉強」がそのまま仕事になっているような職種であり、その点だけでも特殊だ。普通の仕事は、なにかを生産するし、社会に対して貢献することが第一の目的だが、研究者というのは、ほとんどなにも生産しない（論文くらいか）。また、社会に貢献するかどうかは、二次的な問題であり、直接の目的ではない。いちおう、貢献することを目的として掲げているけれど、それは形式的な姿勢であって、正直にいえば、そうしないと研究費が確保できないからだ。

研究者の、本当の目的は、自分の好奇心を満足させることである。知らないことを知りたい、わからないことを理解したい、という個人的な欲求である。

研究者が仕事として成り立っているのは、そういった個人の知的好奇心から、社会の役に立つ新しい知見が得られ、それによって莫大な利益が社会にもたらされるからだ。ただ、そうなるのは、ほんの一部の研究だけである。研究者は、研究に失敗しても文句を言われない。成果を出すために、決められた締切さえない。研究について、誰とも契約していないのが普通だ。

　したがって、ときどき「税金の無駄遣いだ」という非難を浴びたりする。それは、もっともな話である。しかし、一つだけ言い訳をするなら、「その無駄が、人間の文化ではないか」といったところだろうか（これ以上は、ここでは論じない）。

未来への予感

　人が勉強する時間は、その人にとって何の役に立つのか、またその効果はどれほどだろうか？

　子供の頃の勉強は、成績に直結し、進路を決める要因となった。しかし、大人になり、仕事もリタイヤして老人になったとき、勉強はどんな役に立つだろうか？

　その疑問に対する答は簡単だ。楽しいから勉強をするのである。

　勉強するために時間も、また資金も消費する。これは「無駄遣い」だろうか？

　大学や研究機関の活動を「税金の無駄遣いだ」と非難する社会は、未熟な社会だといえる。未熟な社会では、もっと切実な問題を解決することに税金を使った方が良いかもしれない。だが、成熟した社会であれば、どうだろうか？

　人間は死んでしまえば、それで「リセット」である。けれど、社会は人間が入れ替わり、存続するものだ。平和が維持できれば、社会はいずれ成熟する。それは見方によっては、老いた社会といえるかもしれない。しかし、そんなときでも、大学や研究所に税金を使うことは、社会の豊かさの表れであり、人々の「未来の楽しみ」を垣間見せてくれるものになるだろう。それは、ただの夢かもしれないが、人間には夢が必要だ。

子供にも夢が必要なように、老人にも夢が必要である。いつかは死ぬことでは、子供も老人も同じ。ただ、時間が平均的に長いか短いかの違いでしかない。

「何をしようか」と選択するのも楽しいが、もっと楽しいのは「何ができるだろう?」という可能性をゼロから考えることである。今はできなくても、少し工夫をすればできそうな気がする。

そういった「予感」が、すべての「勉強」のモチベーションとなるのではないか。

あんなに勉強が嫌いだったのに、ふと、なんでも良いから、ちょっと勉強したいな、という気分になるときがあるはずだ。

まとめ

勉強というのは、それほど悪いものでもない。

最後に、本書の内容をまとめておこう。

抽象的なことを書いてきた。というよりも、具体的なことを極力書かないように努めた。何を勉強するのか、という勉強の対象が問題ではなく、勉強すること自体の意味、そして価値を、この本で書きたかったからだ。

これを突き詰めると、「なんでも良いから勉強してみなさい」という助言になる。本書のテーマは、ほぼこれに尽きる。

何を勉強したら良いのか、どんな方法が良いのか、という疑問を他者にぶつけないようにしてもらいたい。それを考えることが、勉強の第一歩であり、その一歩を踏まないかぎり、勉強というものは進まない。

学校の勉強、競争のための勉強、人と同じ勉強、教えてもらう勉強では、その一歩を飛ばしてしまうから、本来の楽しさが失われる。

そして、教育とは、大人が楽しく勉強しているところを、子供たちに見せつけることなのだ。

執筆を終えて

本書の執筆中（二〇二〇年二月初旬の一週間）、自分の勉強ができなくて、つまらなかった。作家の仕事は、普段は一日に四十分程度と決めているが、執筆中は、つい没頭して、（一日の合計で）二時間近く使ってしまうことがある。そうすると、ほかの活動に影響が出る。この時期は風が弱いので、模型飛行機を自宅の側《そば》で飛ばすことが多く、庭でヘリコプタを飛ばしたり、鉄道を運行（機関車に乗って運転）したりする。工作室でも、数種類のプロジェクトを同時に進めているから、少しでも時間があれば、なにか作っている。コンピュータの前に座っている時間も長い。ネットで調べものをしたり、思いついたことを図に描いたり、あるいは世界中の個人研究者と議論をしたり……。

今日で、書き終わるので、既に頭が切り替わっていて、今日の夜から何をしようか、と考えている。執筆の気もそぞろ、といったところである。

僕の履歴

僕は四十七歳まで、国立大学に勤務していた。バイトで作家になったのは、三十八歳のときからなので、十年間ほど兼業だった。バイトを始めたのは、好きなことを自由にしたい、と考えたからだし、たまたま自分の夢を実現するためには、広い土地が必要だったので、それを購入する資金を得ることが目的だった。

四十七歳でリタイヤできたのは、バイトが予想外に順調だったためだ。もう働かなくても良い、と判断し、辞職と同時に田舎へ引っ越した。

これができたのは、それ以前に、子供たちが成人し独立していたこと、また両親がともに亡くなって、介護からも手が離れたからだった。

リタイヤ後も、作家の仕事だけは（半分程度に絞って）ほそぼそと継続し、さらに広い土地へ移ったりもしたが、かれこれ十五年ほど、深い森の中で暮らしている。

最近の引き籠もり状態

ほとんど誰にも会わない生活だ。ほんのたまにゲストがある（三カ月に一度くらい）。僕が出かけていくことはほぼない（三年に一度程度）。作家の仕事というのは、人に会う必要がまったくない。奥様とは、現在も同居しているけれど、彼女もほとんど出かけている様子はない。同じ敷地内にいるものの、会って話をすることは稀《まれ》である（一日に二十分もないだろう）。

数年まえから長女も同居しているが、彼女はネットで仕事をしているので、時差を合わせるため、僕とは違う時間帯で生活していて、姿を見ることもほぼない。

家族で一緒に出かけるようなこともない。そもそも出かける目的がない。犬の散歩くらいしか外出しない。自動車を運転してドライブをすることはあるけれど、自動車から降りるのは、犬を降ろして散歩させるためである。

奥様は数日ごとに買いものをされているが、僕は出かけない（必要なものはネットで買う）。世界中でウィルス感染があってニュースになっているが、僕はもう十年以上、風邪をひいていない。電車もバスも乗らないし、人が大勢いる場所へ行かないからだ。

傍から見れば、完全な「引き籠もり」である。でも、庭園内を一人で（犬が一緒だが）

散策するし、鉄道を敷いて遊んでいるので、その工事も一人で進めている。飛行機やヘリコプタも飛ばして遊んでいる。したがって、室内に籠もっているわけではない。

人に会わないことを、寂しいと感じる人が多いようだが、僕はまったく寂しくない。ネットで誰とでも話ができるし、みんなから疎外されているわけでもない。

自分一人というのは、本当に自由だ。毎日、なにをしても良い。一人で土を掘る作業だって、もの凄く楽しい。わくわくすることが沢山ある。自分が幸せだな、とも感じる。この楽しさを誰かに伝えたい、というふうには考えない。

現在の活動を科目でいうと

今、楽しいのは、庭園内の屋外活動と、工作室での作業と、書斎での勉強だ。

屋外活動は、科目でいうと「体育」のようなもの。肉体労働といっても良い。犬と遊んだり、フリスビィを投げてやったり、また、庭園鉄道に関連するメンテナンス工事が一年を通してある。土を掘り、工事用の一輪車で運ぶような土木工事と、木材、コンクリート、レンガなどを使って構造物を作る建築工事がある。

工作室での活動は、ずばり「図工」だ。工場といって良いほど工作機器を揃えた。すべて一人で使っている。店を広げて、数々のプロジェクトを進めている。長いものは数年かかる。短いものは一週間くらいか。作るばかりではなく、少し作ったら、(飛ばしたり走らせたりして) 実験を行う。この結果、また修正点が明らかになり、再び工作になる。

書斎での活動は、作家としての執筆。「国語」「英語」「数学」そして、やはり「図工」だろうか。国語というのは、作家としての執筆。英語は、海外とのやり取りをしたり、資料を読んだりすること。数学は、主として研究に使うものや、設計のための計算だ。力学的な問題が多い。図工は、スケッチを描くこと、作家の仕事でイラストを描く必要もある。

これらは、すべてが「勉強」である。インプットもあるが、大半はアウトプットだといえる。

個人研究が仕事になったみたいだ

ここ一年くらいは、ヘリコプタにはまってしまい、ラジコンのヘリコプタを二十機以上製作した。飛行機も一番長く楽しんでいるし、研究もしている。設計した機体を飛ばして実験も繰り返している。

大学を辞めてから、一番力を入れた研究として「ジャイロモノレール」がある。これは、一本のレールの上でバランスを取りながら走る鉄道車両のことで、たまたま世界で誰も実現していなかったから、では僕が解決しよう、という意気込みが少しだけあった。最近、成果を一般向けの書籍として発行することができた。一冊の本になったので、仕事といえるかもしれない。

庭園鉄道も、日本では珍しい趣味だった。関連の書籍がなかったので、珍しがられることになった（欧米では広く普及した趣味だ）。自分の庭に小さめの鉄道を建設し、そこで列車を運行している。自分が乗って運転するのだが、乗客はいない。犬が乗ってくれる程度で、家族の誰も興味を示さないし、誘うようなこともない。

ネットで、もう二十年近く発信をしているため、世界中から頻繁にメールが来る。このウェブと同じ内容のものを、五冊の書籍として発行することができたので、これも仕事かもしれない。

なにもかも勉強のおかげ

さきほど、科目にたとえて書いたが、「社会」が出てこなかった。社会は僕が最も苦手とする科目の一つだが、実は僕が読む本は、ほとんど社会科に属する内容のものだ。だから、この科目は今もインプットし続けている、ということになる。相変わらず、固有名詞はまったく頭に入らないものの、歴史は大好きなので、たいてい一冊は常に読んでいる途中だ。

勉強が役に立っているかどうか、という点で見ると、これまでのところ、「国語」が一番役に立ったといえるだろう。なにしろ、日本語の本が読めるようになった。次が「英語」だろうか。これも、英語の本が読めるようになった。どちらも、僕の楽しみには欠かせない技術だ。

また、二十代の頃の研究は、コンピュータを用いた数値解析がメインだった。このときには、「数学」を高校や大学で勉強したおかげで、素直に考えることができた。特に、行列の計算など、普段の生活にはほとんど登場しないものを扱っていた。

数学というのは、習う段階では、いったいどんなふうに役に立つのかわからない場合が多い。微積とかベクトルなどは、ほとんどの人には一生無関係な知識に思えるだろう。僕の場合、十年も二十年も経ってから、「ああ、ここで使うのか」と納得することが何度もあった。まるで、ちりばめられた伏線が、後半で活きてくるミステリィのような展開だった。

いかなるものも勉強になる

研究は個人的な活動だが、大学の教官として、大勢の学生たちを指導する経験をした。先生になるつもりはなかったけれど、先生という立場が、もの凄く「勉強」になった。その意味では、幸運だったと感じている。

人にものを教えると、何故その人が理解できないのかを考えることができる。どう説明をすれば良いか、気づかせるにはどんな例を挙げれば良いか、と考える。これは、自分が理解するだけの機会では得られない体験だ。

僕は、自分の能力を他者と比較しない。自分の方が優れていても、また自分の方が劣っていても、僕自身には無関係なことだと考えている。だから、自慢や卑下《ひげ》をした経験がない。そういうものをする意味がわからないからだ。

しかし、能力が違う人間と接することで、学べることがある。「その人はどう考えるのか」を考えることができる。この経験が、のちに小説を書く仕事をすることになって、非常に役立っているように思える。

人間だけではない。どんな書物からも学ぶことができる。興味深い内容のものはもちろんだが、反対につまらない内容の本も、どうしてこういった本が書かれることになったのか、これを読んで他者はどう感じるのか、ということを考える機会になる。

ようするに、いかなるものも「勉強」になる、ということだ。

勉強するほど謙虚になる

勉強をしたがらない人を観察すると、「あいつは偉そうだ」「あいつは馬鹿だ」という感情的な反応しかしていない。「勉強」を妨げるものは、そういった動物的な感情による自身の感覚の遮断ではないか、と思われる。

他者と自分を比較することにばかり終始し、妬んだり、僻んだりして、結局は自分の役に立つものを見逃している。吠え立てる犬が目を瞑ってしまうようなものだ。

「勉強」の価値とは、そんな雑念や煩悩《ぼんのう》を理性で抑え、自分というものを見つめ直すことだと思われる。

勉強をするほど、人は謙虚になる。何故なら、世界の英知に近づき、人類の慧眼《けいがん》に接することで、自身の小ささを知ることになるからだ。

それだけでも、勉強をする価値がある。

そして、自身を見つめることの楽しさが、少し遅れて、必ず訪れるだろう。勉強は、生きる方法を学ぶことではなく、生きる人間の価値を高めるものである。

二〇二〇年　二月　森博嗣

幻冬舎新書 607

勉強の価値

二〇二〇年十一月二十五日 第一刷発行
二〇二四年 七 月 十五 日 第八刷発行

著者 森 博嗣
発行人・編集者 志儀保博
編集人 小木田順子
発行所 株式会社 幻冬舎
〒一五一-〇〇五一 東京都渋谷区千駄ヶ谷四-九-七
電話 〇三-五四一一-六二一一(編集)
〇三-五四一一-六二二二(営業)
公式HP https://www.gentosha.co.jp/
ブックデザイン 鈴木成一デザイン室
印刷・製本所 株式会社 光邦

Printed in Japan ISBN978-4-344-98609-1 C0295
も-7-6

*この本に関するご意見・ご感想は、左記アンケートフォームからお寄せください。
https://www.gentosha.co.jp/e/